夜明けの応援団

著 月丘 ジル

ヒポ・サイエンス出版

滑落《かつらく》

ついさっきまで、吹雪《ふぶき》は、生き物のように、荒い息で、牙《きば》をむき、吠《ほ》え身もだえしていた。

いま、宇宙は、静かに満天の星をたたえている。

満天の星、というより、夜は闇の片隅に追いやられ、光の粒が、無数の人の眼のように、瞬《またた》いていた。

懐中電灯を多田の顔にあてると、多田は、ぼくの胸の中で唇を震わせている。声をかけても、寒さで、生まれたばかりの小鳥のように、唇を小刻みに震わせているだけだ。唇だけが生きている証明のように、心臓の鼓動を伝えていた。でも不規則で、ときどき止まる。多田の唇が止まるのか、ぼくの意識が遠のくのかよくわからない。

多田は、宇宙物理学の博士論文を提出したばかりとかで、少し時間に余裕ができていた。山に雪が来る前に、二日ほど山のぼりをしたいという、ぼくに付き合って多田も同行することになった。北アルプスで、美しい夜空の下に、ツェルトと呼ばれる小さなテントを張って二人で一夜を過ごし、翌日は、ふもとの温泉でゆっくりするつもりだった。

ぼくは、何度か同じ山をのぼったことがあり、天文学者の卵の多田にも、北アルプスの晩秋の星の美しさを堪能《たんのう》してもらおうと思った。論文に忙しく、長い間、山に行くことがなかった多田を、雪が来そうな、この季節に、ぼくの山行《さんこう》に付き合わせたのが間違いだったのかもしれない。

ほんの数メートルの滑落《かつらく》だが、打ちどころが悪かったらしい。

これからどうしたらいいのか、落ち着いて考えてみなければならない。滑落した岩場《いわば》は狭く、多少の風はよけることができたが、安定した場所とはいえなかった。二人の体重で、岩が崩《くず》れれば、どこまでも落ちていきそうだった。ぼくは多田のからだを少しずつ横にずらしながら、緩《ゆる》い傾斜になっているところまで運んだ。危険は去らなかったが、それ以上、多田のからだを動かしていいのかどうかわからなかった。

幸い、吹雪はやみかけていたが、そのかわり薄闇が、紫色から黒々とした塊《かたまり》になった。

て広がっていた。

多田のからだをさすりながら、ぼくは絶えず話しかけていた。そうしないと、多田もぼくも寒さで骨が割れてしまいそうだった。それなのに、眠りは気もちよさげに、闇の中に広がっていた。

ぼくは、夜が明けたら、最短距離《さいたんきょり》で山を下りて、助けを呼びに行かなければならない。その前に、多田を少しでも安全な場所に移したかった。

多田は、寒さで小刻みに唇が震えていた。唇の動きはいのちそのものだ。ぼくに何かを語りかけているようにもみえた。中学校の科学部でも、多田はそうやって、ぼくにささやくように話しかけた。多田はおとなしく、優しかった。いつ勉強しているのかわからないが、劣等生のぼくと違って、テストではいつも学校で一、二番を争っていた。

科学部は、部員が四、五人いたのに、いつも理科室にいるのはぼくら二人だけだった。多田とは小学校から九年間いっしょだった。高校は別だが、その後もときどき食事をしたり、山登りをした。

しかし、大学で、研究に忙しかった多田は、この数年は滅多《めった》に山に行くことはなくなった。家はすぐ近くなのに、一年以上会っていなかった。やんちゃ坊主で、餓鬼大将でもあったぼくは、からだの細い多田に、どこか兄貴分のような気持ちがあった。今回の山行も、卵の殻《から》をたたいて、外の世界にいざなう兄鳥のような役割を覚えていた。

前日の夜、池袋駅で待ち合わせして、新宿から夜行に乗った。顔を合わせたとたんに、二人とも時間の壁が消えて、心は中学生に戻った。多田は発見されたばかりの超新星の話をぼそぼそとはじめた。ぼくは、宇宙物理学はわからないが、多田の話は新鮮で面白かった。中学のとき、よくぼくの家の二階の物干《ものほし》場で夜空を眺めたときから、彼は天文学者になるといっていた。

ぼくらは、夜行列車の中で、多田の母親が握ってくれた、まだ温かい握り飯をほおばった。もう三十歳近いのに、二人は興奮してなかなか寝付けなかった。暗いうちに目が覚めると、多田は、小さな声で、再び、からだ全体で宇宙について語りはじめた。列車の中は寝静まっていた。多田のことばは、近くから聞こえてくる寝息に溶け込むように落ち着いていた。

その多田の唇が、今は言葉もなく震えていた。震えはいつ止まるのかわからなかった。ぼくが手を放したら蒼《あお》い闇の底へと消えてしまいそうに心細い息をしていた。ぼくは、力を振り絞って、多田に話しかけ続けた。

「おい、多田、起きろ。眠るな」

それは、ぼく自身がぼくに語りかける励ましでもあった。唇が凍り、思うように声がでない。のどが渇《かわ》き、自分の声が遠くに聞こえた。

多田の唇は、ぼくに超新星の話の続きをしようとしているかのように、たえず動いていた。ぼくの声が多田の心に届いているのかどうかわからなかった。でも話し続けていないと、すぐ近くに、死の淵《ふち》が口を開けているような気がした。声を振り絞ることが、ぼくのいのちの証《あかし》だった。

「多田よ、おまえと死ぬのはそんなに悪いことじゃないよ」と、ふとぼくは心からいった。人は死ぬと星になって、地上に生きる人を見守っている、といった哲学者がいた。

星の渦巻き

数時間前に滑落するまで、多田は、ぼくの後ろを苦しそうに歩いていた。
「もう少しだ、がんばれよ」とぼくが声をかけると、多田は荒い息をしながら、かすかにうなずいた。ぼくは、多田に、今夜、星をみながら、あることを打ち明けようと思っていた。多田は、驚くだろう。そして、笑い出すだろう。それが、ぼくにはこの山行の楽しみの一つでもあった。

この季節にしては早い雪が到来していた。昼過ぎから吹雪《ふぶき》となり、ときどき、眼の前が見えなくなった。わずかばかりの雪のせいで、予定より遅れていた。ぼくは少し先を急いだ。

岩場のあちこちに雪が十センチほど積り、体感温度は急速に下がった。

多田が、うしろで、「あっ」というような、小さな声をあげたような気がした。叫びは吹雪にちぎれ、モスグリーンのヤッケを羽織《はお》った多田が視界から消えた。ぼくが振り返ったとき、多田が声を立てたのか、多田の声を聞いて、ぼくが振り返ったのか思い出せない。

多田は、数メートルほど滑落した。強い横殴《よこなぐ》りの風の中で、雪かコケに足をとられたらしかった。多田は、下の岩場からぼくを見上げると手を軽く上げようとした。

ぼくは、自分のリュックを岩陰に下ろすと、注意深く、少し遠回りをしながら多田の滑落した場所に下りていった。多田は、足は動かせないようだったが、意識はしっかりしていた。狭い空間だが、強い風をよける壁となって、そこだけが少し温かい。ぼくは、多田のリュックからツェルトを取り出すと、多田と抱き合うようにして二人でかぶった。

「どうした?」と、ぼくは多田の顔をのぞきこんでいった。

「背中を打った」

「痛むか」

「息ができない」

ぼくは、多田のからだを横向きにして抱きなおした。多田の眼鏡はどこかに吹き飛んでいた。ぼくが右ひざを立て直すと、ぼく自身が岩場を下りるとき、滑ってひざを打ったことに気づいた。右足のひざのあたりがうずく。

「どうだ」とぼくがまた聞いた。

「少し楽になった」といって、多田は笑顔を見せた。しかし、多田の笑顔を見ると、かえってぼくの足が震えはじめた。多田は立ち上がれるようには思えなかった。ぼくは、山ではじめて恐怖を覚えた。

多田は、手を動かして、顔の上の雪を払おうとしていた。ぼくが多田の手を押しのけて、多田の顔の雪を払った。頬に流れた血が凍っている。

「起き上がれるか」と震える心で、ぼくは多田に向かって叫んだ。叫んだような気がした。

「少し休めば歩けるだろう」

多田はそういった。

空気が薄いせいか、寒さのせいか、頭がぼんやりする。

多田のリュックの中には、コンロとインスタントコーヒーが入っていた。多田が、「山頂で記念にコーヒーを飲むんだ」といって小袋に分けたインスタントコーヒーを持ってきたのだが、いまは、からだを動かすことができない。まして頭からかぶったツェルトの中で火をおこすことはできなかった。

「寒いか」

「うん」と細い声が聞こえた。ぼくは、多田のぬれたセーターを着替えさせた。

ふと気づくと、雲間に大小の星が輝いていた。

「星が見えるな」と、ぼくが多田に話しかけた。

「ああ」

「すごいな」

星は、荒れた海の波頭のように渦巻《うずま》き、星と星の隙間《すきま》に夜があった。

星の海の底には、ぼくらは二人だけだった。ぼくは、少し心が落ち着いてきた。

多田の母親の隆子がクリスチャンであることを思い出した。天国というのはこういうところなのか、と彼女に聞いてみたかった。

「すごいな」とぼくは多田の顔をみながら、もう一度いった。

「ああ、すごいな」

多田が、人差し指を少し上げて何かを指した。何を指したのかわからなかった。

「うん、すごい」

ぼくも同じことを繰り返した。夜空を見飽きるほど見てきた多田でも、ただ「すごい」としかいえなかった。星の光は、点の集まりなどではなく、洋ナシのしたたりのように、大地に流れ落ちていた。ぼくは、この星のしたたりを、まるで、ぼく自身が広げた天幕《てんまく》ででもあるかのように得意《とくい》な気持ちになった。

「おい、実は、話しておきたいことがあるんだ」とぼくは多田に話しかけた。

こんなときに話すことではないかもしれない、と思いながら、多田に話しかける言葉がほかに見つからなかった。朋子《ともこ》のことをいま話そうと思った。

多田とともに中学校の同級生だった朋子に、二か月ほど前、横浜の動物園で偶然再会した。

朋子は複雑な家庭で育っていた。父親はテキ屋の親分で、朋子が小さいときに、母親が朋子を連れて離婚した。朋子は、五歳のとき、神社の祭礼で、父親を手伝ってぼんぼりを売り、一晩で一万円儲《もう》けたそうだ。一万円なんて、当時の大卒の初任給くらいだ。

なんで、こんな話を知っているのか、ぼくは思い出せない。誰かが噂をしているのを立ち聞きしたのだろうか。それとも、多田から聞いたのだろうか。

朋子は高校を出て動物園の飼育係になった。それは動物好きの、ぼくの憧れの職業でもあった。

朋子

ぼくは、動物を撮影するカメラマンとして、秋のはじまるころ、朝から動きのない、退屈そうなカワウソにカメラを向けていた。霧雨《きりさめ》でレンズがぬれ、何度もレンズを拭かなければならなかったが、ぼくはカワウソと同じように退屈していた。

そのとき、エサやりのためにバケツを持ってあらわれたのが朋子だった。朋子の出現とともにカワウソが手を振って騒ぎはじめた。ぼくはカワウソの急な変化に驚いて、何ごとかと振り返った。そこに、十年以上も前の中学時代の朋子の顔を見つけた。

朋子は、中学のときと異なり、髪をひっつめにして広い額《ひたい》を見せていた。

朋子は、ぼくと多田の憧れだった。もちろん、朋子とはほとんど話したこともなかった。昭和三十年代の男子中学生は、女の子のことで頭がいっぱいなのに、そのことを口にするのは、はばかられた。当時、柔道にはまっていたぼくは硬派《こうは》を気取っていたし、多田は秀才だったから、まるで女の子のことなんかに興味がないといったような顔をして、学校の行き帰りに、朋子が友達とはしゃぎながら道を歩くのを見送っていた。朋子の表情はいつも寂しげだった。それは複雑な家庭事情がそうさせているようだと、ぼくはしたり顔で多田に説明したものだが、ぼくの好みを勝手に朋子の表情に反映させているだけだった。

長い眉と大きな目が印象的で、驚くほど声が美しく、歌がうまかった。顔の長い、若い男性の音楽教師は、何とかいっては彼女に歌を歌わせようとした。ぼくは、彼女が音楽室で歌いはじめると、歌っている間中、心臓がどきどきした。ぼくは、顔がほてって赤くなっているような気がして、眠っているようにうつむいた。

多田は、お互いに朋子に興味があったのに、そのことをほとんど口にしなかった。しかし、互いにそのことは理解していた。放課後、朋子が偶然、理科室の前を通ったとき、ぼくは、うっかり多田の腹をつついたことがある。

多田は、「それがどうしたんだ」というような澄ました顔をした。

ぼくも、「いや」といったなり、顕微鏡を覗き込んだ。多田の落ち着きはらった表情がしゃくに触《さわ》ったこともあるが、顔が赤らんだような気がしたからだ。

それから十年以上たっていた。その日、朋子は、その大きな目でぼくを見上げながら、カワウソにカメラを向けているぼくに聞いた。

「カワウソにエサをやりますが、いいですか」

朋子は、中学時代に坊主頭だったぼくには気づかないようだった。

朋子の長いまつげが霧にぬれて、まばたきすると、鳥の羽のように大きく動いた。

「ええ、もちろんやってください」

ぼくは、おかしくて、いまにも笑い出しそうになるのをカメラで隠すことにした。

十年以上も前にくすぶっていた思いが、急に胸の奥からこみあげてきた。片思いというのは、熾火《おきび》のように、かたちを変えもしないで、いつまでも胸の底に残るものらしい。

ぼくはエサをもらうために、水しぶきを上げて集まってきたカワウソにシャッターを切りながら、カワウソより朋子のほうに多くレンズを向けた。朋子はそれにも気づかなかった。

編集長へのいいわけ用に、カワウソにもときどき焦点をあてた。エサやりを終わって去ろうとする朋子に、ぼくは真面目な顔で声をかけた。

「朋子さんですね」

ぼくは、朋子の姓を思い出せなかった。いきなり名前で呼ぶのは、なれなれしいと思ったが、どうしようもなかった。

「えっ?」

朋子は、じっとぼくの顔を見た。あまりにも親し気なぼくの声かけに驚きを隠せなかったが、気のやさしい朋子らしく、懸命に思いだそうとしているようだった。

ぼくは中学一年のときだけ朋子と同じクラスだった。多田は、一年と二年が同じクラスだったから、何となく、ぼくも同じクラスのような気がしていた。ぼくは、理科と音楽が好きな目立たない少年だった。

「増田君?」

朋子はようやく、記憶の底に降り積もった落ち葉をかきわけて、ぼくを思い出したようだった。たぶん、学校一秀才の多田の友人、というのが、朋子の中のぼくの印象だろう。ぼくは、ちょっとがっかりした。

朋子は、気まずそうに、でもニコリとしてくれた。この笑顔は救いだった。

「そうです。増田康夫です」

中学のときは、朋子は、ぼくよりずっと大人に思えた。その感覚がよみがえってきた。まるで、ぼくも朋子からエサをもらうカワウソの一匹のような気持ちになった。

「写真のモデルになっていただけませんか」

朋子は大きくまばたきして、ぼくを見た。カッパのフードからのぞかせた額からこぼれる柔らかそうな後《おく》れ毛が霧雨にぬれていた。朋子は、額に降りかかる雨を手で拭きながら、少し顔を横に傾け、白い歯を見せた。

「わたしなんか・・・」

そういいかけた朋子の笑顔を、ぼくは数十枚撮影した。数日後、朋子のいっぱいの笑顔を携《たずさ》えて動物園を訪れた。

それから何度か、深まっていく秋の午後、朋子を誘って動物園近くでコーヒーを飲んだ。

朋子とぼくの関係はそれだけだ。それなのに、ぼくの心は朋子でいっぱいになっている。中学生のときと同じだ。三十近くなって、ぼくは中学生のような片思いをしている。

山を無事に下りることができたら、朋子の髪に触ろう。豊かな黒髪は、しっとりとぬれていて、羊の毛のように、ふわふわと優しい弾力があるのだろう。

ぼくは、星の名前を覚えよう。ぼくは、ものを暗記するのが好きだ。池袋の家の二階の窓から星を見上げながら、朋子に知ったかぶりをして星の名前を教えよう。そのとき、多田は、ぼくらの傍らで、星座の伝説を、ささやくように教えてくれるだろう。

ぼくは、いつの間にか、うとうとしていた。

幸せな夢から醒《さ》めて、震える多田の顔をのぞき込んだ。一瞬、幸せな夢と多田の顔を区別することができなかった。からだ全体が氷に閉ざされたような世界の中で、夢と現実の境があいまいになっていた。冷気は、からだの芯まで凍らせ、骨が震えた。

星空の墓標

ぼくは、何度も眠りの底に落ちては、そのたびに、夢の底から這い上がってきた。深い眠りの底は、ドーナツを口に運ぶ朋子の細長く白い指のように優しくぼくを誘った。

このまま眠って夢の世界に生きたら、なんて愉快なんだろう。何か月か、何年かして、ぼくと多田の骨が見つかったとき、ぼくの骨は、げらげら笑っているかもしれない。

眠りは一秒かそこいらのはずなのに、夢は、断続的で、途切れたところから再びはじまった。夢は、物語のように、何日も何年も続くような気がした。

子どものころのぼくの姿が、まるで、ぼくではない誰かが、ぼくを見ているように眼に浮かんだ。

ぼくは、小学校の低学年のとき、元素記号《げんそきごう》一三八個を覚えた。小学生のとき、つまり、ぼくが、鳥の飼育係だったとき、世界はすべて元素でできていることを知った。中学一年のとき、多田といっしょに、塩を煮詰めて顕微鏡で正八面体《せいはちめんたい》の結晶《けっしょう》を確認したとき、世界は美しいと思った。ぼくも大地も鳥も、この美しい世界の中で呼吸し、言葉を話している。ぼく自身が、星のように元素を浮かべる宇宙だ。

元素記号手帳は、父の数少ない遺品の一つだった。ぼくが五歳のとき、肺がんで苦しんでいた父が死ぬと、家には、売れないガラクタだけが残った。ぼくは、父の遺品の中から、なぜか赤い元素記号手帳を拾って、ポケットにいれた。手帳は、小さなポケットから、その大半がはみだしていた。父のことは覚えていないが、ぼくは元素記号を通して父と対話することができた。世の中のものは、貝のように海を漂《ただよ》う元素の集まりなのだ。

小学校に入って、すべての元素記号を覚えてからは、ぼくはあらゆるものを元素に還元《かんげん》して考えようとした。多田がもっているブリキのおもちゃだって、鉄をスズでメッキしたものだし、当時、滅多《めった》に走っていなかったが、多田の家の車だって元素の海なのだ。

だから、小学生のぼくは、いっぱしの「唯物論者《ゆいぶつろんじゃ》」だった。人の心も世界も、元素という小さい粒でできていて、空間に浮いていると信じた。でも元素は、一粒一粒が父の言葉であったし、息でもあった。すべてのものに父の心が宿っていた。だから、ぼくはいっぱしの「唯心論者《ゆいしんろんじゃ》」でもあった。

ぼくも、多田も最後にはチリになる。残るのは星だけだ。こんなに美しい星空が、ぼくらの墓標《ぼひょう》なら、生きることには意味があるのだろう。

もし、ぼくらがここで死んだら、朋子は、ぼくのことを忘れて、ほかのだれかと幸せな結婚をするだろう。相手はどんな男なんだろう。

ぼくの意識は、多田の顔と眠りの底を行ったり来たりした。眼の前にいる多田が、ぼくの一瞬の夢の中に笑いながら入り込んできた。眼の前にいる多田と、小さなころの多田の顔は変わりのないものだった。

ああ、そうだ、ぼくは十年前、高校で応援団長をしていた。応援団長は、顔の半分を口にして、虎のように吠え、人の心をわしづかみにし、いっしょに躍らせて、いっしょに幻《まぼろし》を見る。いのちの奥に隠れた、いのちの、そのまたいのちを呼び起こすのが、おれたち応援団の役割だ。

そうだ、こんなところで寝ているときじゃない。

「多田、起きろよ。山を下りよう」

高校の校歌が頭の中に鳴り響いた。

次の瞬間、ぼくは、五歳の子どもになって、母の姿見《すがたみ》を覗《のぞ》いていた。それから、多田の大きな家の居間のソファに行儀よく坐《すわ》って、クッキーというものをはじめて食べた。あれはいつだったか思い出せない。

強いべいごま

ぼくが、小学生のとき、ずっと多田に素直になれなかったのは、多田が多くをもっていて、それを自慢するわけでもなく、隠《かく》すわけでもないのに、ただ見下《みくだ》されているような気がしていたからだ。

多田には「カテイキョウシ」という意味のよくわからない兄のような人がいて、「オテツダイサン」という、姉のような人もいた。三人の人形のように美しい姉妹もいて、ぼくの姉が、ずっとほしがっていた袖《そで》が提灯《ちょうちん》のようにふくらんだ服をそろって着ていた。

多田が、ツギのあたっていないズボンをはいて、ときどき見たこともないお菓子をポケットから取り出すのを、ぼくはうらやましいと思ったことは一度もなかった。

仲間の中で、多田がぼくだけに、「食べていいよ」といって指し出した菓子箱の中身をじっと見て、何か見てはいけないものを見たという気がした。そのころ、ぼくは仲間のうちでは山賊の頭領《とうりょう》のようなものだったから、女が喜ぶ貝殻を見せられたように、不機嫌そうに「いらない」といって横を向いた。それから多田は、菓子を持ってこなくなった。

多田が、仲間の中で多少とも要領がよいぼくを自分の味方に引き入れようとしていることはわかっていた。だから、多田から菓子を受け取ることは、山賊仲間を裏切ることであるように思った。

ぼくは、そのとき、多田の菓子を食べたいと思っていない証拠に、元素記号のことを彼に話そうとした。しかし、元素記号と菓子の間にどんな関係も説明できなかった。実際に何の関係もあるはずはないのだが、ぼくは、多田の菓子箱をみて、父の元素記号手帳を思い出した。ポケットに入れるには収《おさ》まりの悪いサイズの赤茶けた菓子箱は、父の元素記号手帳に似ていた。

ぼくにとって、父とは、顔や姿ではなく、小さな、しわだらけの元素記号手帳だった。ぼくが意味を理解することもできない元素記号を丸暗記したのは、兄が、父親を自慢気《じまんげ》に語るのに対抗しようとしたからだ。元素記号を暗記することは、ぼくがほとんど知らない父の世界を覗《のぞ》くことでもあった。

ぼくが多田の菓子に不快感を覚えたのは、受け取ることが山賊仲間を裏切ることだからではなく、父の世界を汚《けが》されたような気がしたからかもしれない。

そのころぼくは誰にも負けたことのないベイゴマを持っていた。多田が、ぼくのご機嫌取りに走った理由の一つもこれだった。定時制高校に通う兄が、昼間、鉄の加工工場で、ぼくのためにつくってくれたベイゴマだった。小さいが、重心が低く、中心が分厚い、いかつい形の鉄製のベイゴマは、回転しながら対戦相手のベイゴマをことごとく、なぎ払った。

ぼくは大得意《おお》だった。しかし、このベイゴマはあまり役に立たなかった。というのは、あまりにも強すぎて、数日して挑戦相手がいなくなったからだ。

多田も、「それをくれ」とはいわなかった。もしそういったら、ぼくは惜しげなくやったはずだ。その代わり、彼が持っていた、けばけばしい菓子箱を取り上げて、遠くに捨てたかもしれない。そんなものはほしくないのだ、ということを多田に見せつけるために。

ほんとうに中身の菓子には興味はなかった。というのは、ぼくにはその味が、どこかの浜辺にあるという星型の砂粒のようにも想像できなかったからだ。バターのように、金持ちにしかわからない味がするのかもしれない。ぼくは多田から差し出された菓子箱をみても、唾《つば》さえ飲まなかった。

しかし、菓子箱は、米国製らしい、つくりのしっかりしたもので、箱の中にまた別の箱があり、引き出しのように、中から菓子を引き出せる仕掛《しか》けになっているようだった。もちろん紙でできていたが、精巧《せいこう》なものに見えた。一瞬、見ただけだからはっきりした記憶はないが、当時、ぼくはいろいろな箱を集めていて、その箱のつくりに興味を持った。

シュー・シャイン・ボーイズ

ぼくが最初に箱をつくったのは、父が洗面器一杯の血を吐いて死んでから二週間たってからだった。靴磨《くつみが》きをするために、靴を乗せる台だった。ぼくは父が死ぬとすぐ、池袋の駅前で靴磨きのアルバイトをはじめた。家の中にいても、暗く、カビ臭《くさ》いうえに、小学生の姉も、中学生になったばかりの兄も相手にしてくれなかった。だから、五歳のぼくは靴磨きになった。

靴磨きを、英語でほんとうは何というのか知らないけれど、ぼくらは「シュー・シャイン・ボーイズ」と呼ばれた。

戦争が終わって七年たっていた。前年の昭和二六年四月には、日本は米軍の占領から独立していたが、米兵はまだうじゃうじゃといた。とくに池袋周辺には、きりっとした背の高い金髪女《おんな》を連れた将校から、米軍基地の横流《よこなが》し品らしきものを売っているチンピラ米兵までが、忙しそうに往《い》き来していた。

チンピラ米兵でも、「ギブミ・チョコ」というとチョコをくれた。ぼくがシュー・シャイン・ボーイズになろうと思ったのは、駅前で、米兵からもらった板チョコを食べながら、靴磨き少年をみたときだった。

少年らは、米兵の革靴を拭《ふ》き、最後に米兵から金を手渡されていた。五歳のぼくはあめ玉を買う金がほしかったし、あれならぼくでも出来そうに思えた。

父が家で寝ているとき、母が、家中《いえじゅう》を走り回るぼくをおとなしくさせるために、あめ玉を買う金を握らせた。五円で直径二センチほどのあめ玉が買えた。あめ玉を買うことはぼくの日課にもなっていた。父が死んで母が働きに出てからは、婆ちゃんにせがんであめ玉を買う金をもらったが、いつもくれるわけではない。それより米兵の靴を磨いて、その代わりに金をもらうほうが確実だった。

家には、父がサラリーマン時代に使い古した靴墨《くつずみ》とブラシがあった。ぼくは、かなづちと釘《くぎ》で木箱をつくると、池袋駅前で靴磨きを開業した。

しかし、これは瞬《また》く間に頓挫《とんざ》しそうになった。年上のシュー・シャイン・ボーイズから物陰《ものかげ》に連れて行かれ、手痛いげんこつを食らったからだ。声は出さなかったが、目から火花が出た。

子どものシュー・シャイン・ボーイズは、その上の「愚連隊《ぐれんたい》」と呼ばれる少年たちに上納金《じょうのうきん》を払い、その少年たちは、さらに年上の少年たちに雇《やと》われて池袋周辺をパトロールしていた。彼らは、ぼくのように「不当」に金を稼ぐ子どもを物陰に連れて行き、数発殴り、稼いだ金を巻き上げた。

その少年たちも、地元のやくざの指示に従っていた。この上下関係は屋根にのぼるハシゴのように頑丈なものだった。靴磨きをする子どもは、このハシゴの一番下に位置していた。

殴られたあとのアザは数日引かなかったが、婆ちゃんには転んだといってごまかした。婆ちゃんは、それ以上は聞かなかったが、おおよそのことは見当をつけていたようだった。

ぼくは、一日だけ休むと、目の周囲を腫《は》らしたまま、派出所の近くに「店」を出しなおした。店といっても、足を乗せる箱と、靴磨きの道具を置くだけだった。中学校に入ったばかりの兄がそう教えたのか、それともぼくが直感的にわかったのか思い出せないが、派出所の警官は頼りになった。

派出所の周囲は人通りも多く、何より警官より頼りになる米兵がたむろしていた。もっとも、安全なだけに競争相手も多かった。そのなかで、ぼくの「売り」は、いちばんチビだったことだ。米兵は、何人かいるシュー・シャイン・ボーイズの中から、急いでいるときは年嵩《としかさ》の子どもを選んで磨かせた。器用な子どもは簡単な靴の修理までできた。

しかし、女連れの米兵の場合、ぼくが有利だった。とくに金髪女を連れた将校はチップをはずんでくれた。ぼくは、毎朝、幼稚園に行く代わりに、母の小さな姿見《すがたみ》を覗いてこぎれいに身支度《みじたく》し、靴台の中に道具をいれて、いそいそ駅に出かけた。

五歳のぼくが、毎朝、鏡に自分の姿を映す様子は、婆ちゃんには面白かったかもしれない。婆ちゃんは何もいわなかった。何しろ、家には、あらゆるものを売って何もなかった。今日、食べるものさえなかった。姿見は、母が若いころ、父からもらった形見《かたみ》でもあり、古くて安物だったから売れ残ったというのが現実だろう。

母の姿見を覗くことになったのは、米兵に連れられた日本人女性が、独り言で「しらみがうつりそうだわ」とささやいたのを聞いたからだ。

家にある洋服は、兄のお古《ふる》や、親類からもらったもので、どれにもツギがあたっていたがこぎれいだった。だから、婆ちゃんに、しらみの何たるかを教えてもらってからは、顔も髪も石けんで洗うようになった。家に風呂はなかったので、婆ちゃんが、ご飯を炊く釜《かま》に湯を沸かして、ぼくを入浴させてくれた。

婆ちゃんは、「モモの枝を湯に入れると、皮膚病《ひふびょう》にならんぞ」といって、釜の風呂にモモの枝を浮かべてくれたのを覚えている。髪が少し伸びると婆ちゃんに切ってもらった。顔は商売道具だった。

米兵の連れの金髪女が「あら、かわいい」といっているのかどうかわからなかったが、そんな会話らしきやりとりのあと、米兵は、きれいな靴でも磨かせてくれたし、チップとやらも少なくなかった。

靴磨きで稼いだ金を婆ちゃんに持って行くと、その中から小遣いをくれた。ぼくはそれであめ玉を買った。でも、せいぜい稼げるのは月百五十円かそこいらだった。

ぼくは自分が惨《みじ》めだなどとはまったく思わなかったが、突然、牛乳配達と新聞配達をして家計を支えることになった中学生の兄はつらかったようだ。

兄は秀才で通っていたし、思春期のはじまりだったから、新聞配達の途中で友だちを見かけると、物陰に隠れたりした。でも、シュー・シャイン・ボーイズのぼくは、お金を稼げることがうれしかった。自分であめ玉を買い、さらに、まれに友だちにあめ玉をおごることが得意だった。

アオダイショウはおいしい

父が臥《ふ》せっているときは、頻繁《ひんぱん》に咳《せき》をしたり、痰《たん》を切ったりする音が唯一の物音といってもよく、五歳のぼくにとっても、家の中は暗かった。

ぼくは父の顔を写真でしか思い出すことはできないが、人間のかたちにふくらんだ父の布団を朝晩見ていた。顔はまったく知らないといってもよかった。髪と髭《ひげ》の中で目だけが動いているのを遠くから見たことがある。父の声の記憶は、しゃがれて苦しそうな咳だけだった。

ぼくは家にいても邪魔にされるだけだったので、外で遊ぶことが多かった。

家の窓から、数百メートル先に池袋駅が見えた。街はまだ空き地ばかりだった。戦争が終わって数年たち、さすがに焼け野原というものはなかったが、あちこちにバラックのような家が立ち並び、三、四階建ての低いビルが点々と見えた。だから、遊び場の空き地にこと欠くことはなかった。

ぼくは父の死んだ日も友達と遊びに行ったたし、父の死ぬ前と後とで、ぼくの日常に変化らしい変化はなかった。ただ、今まで一日家《いえ》にいた母が、住み込みの仕事で遠くの工場に働きに行くことになった。おさんどんは、母の代わりに婆ちゃんがするようになった。それは淋しいことではあったが、ぼくは、もともと婆ちゃんっ子で、この一年、病気の父につききりになっていた母より、祖母になついていた。

中学生になった兄は夜中に起きて、新聞配達に行くようになった。新聞配達が終わるとその足で牛乳屋に行き、牛乳配達をしてから登校した。兄が稼いだ金を婆ちゃんに渡すとき、婆ちゃんは、兄をちょっと拝むようにして両手で金を受け取った。父の医者代で金を使い果たし、借金があることを婆ちゃんが兄に話していた。婆ちゃんは、少なくなった白髪を頭の上で丸く結っていた。律儀《りちぎ》な人で、家に食べ物がなくても、金は借金の返済にあてていた。

だから、月のうちの数日は、自生するヒエや野蒜《のびる》などの野草《やそう》を集めて鍋で煮て食べた。婆ちゃんは、「キノコには毒があるから、持ってくるな」とだけいって、やんちゃな孫を空き地に放した。

戦争で父親を失った子どもは少なくなかったから、食べられる野草集めは競争になった。とくに競争が激しかったのが、よもぎと百合根《ゆりね》で、百合根は、甘みがあり、百合根を持ち帰ると婆ちゃんの顔がパッと明るくなった。

しかし、いざ食事がはじまると婆ちゃんのしつけは怖かった。箸《はし》の持ち方や食べ方、姿勢が悪いと、自分の箸で、ぼくの手の甲をあざになるほど強く打った。

食事そのものは楽しいことではなかったが、食糧探しは遊びの一つだった。金がないということが五歳のぼくにはどういうことかはわからなかったが、ただ腹が減った。しかし、それを悲しいと思った記憶がない。友だちがみんなお腹を空かせていたからかもしれない。「腹が減った」は、いわば子どもにとっての気候のあいさつのようなものだった。

「腹減った」

「オレもだ」

多田は、ぼくらの仲間ではなかったが、ときどき仲間に入った。多田も「腹へった」といったのは、ぼくらに合わせたのだろうか、それとも、ぼくらと遊んでいるうちに、ほんとに腹が減るのだろうか。多田以外、仲間の多くは、家に帰っても食べるものは満足になかった。

友だちの中でひときわ貧しかったのが朝鮮人の子どもだった。

祖母は、一度、「あの子は朝鮮人だよ」といったことがあるが、だから何だ、という説明はなかった。「タカオ」という名前で、ぼくらと同様、袖口《そでぐち》が乾いた鼻水で固くなっていた。「腹が減った」という合い言葉もいっしょだった。

食糧捕《と》りの中で、いちばんの収穫は、朝早く、病院跡地の草むらの石の上でひなたぼっこをしているアオダイショウだった。

誰よりも早起きすると、その褒美《ほうび》のように、アオダイショウが暖かい光の中でのんきに長々と寝ていた。五十センチくらいの子どものアオダイショウは骨が柔らかく、たたいて煮ると骨ごと食べることができた。年のいったアオダイショウは、骨は硬いが、魚のようにほぐして食べることができた。

そっと近づいて、シッポをつかむと、朝寝の邪魔をするのは誰だ、というふうにゆっくりと振り返った。その頭をつかんで首の骨を折る。のちには、その場で皮をはぎ、内臓をとることを覚えた。内臓を手早くとると臭みがなくなった。そのやり方は婆ちゃんに教わった。

アオダイショウを家に持って帰ると、婆ちゃんは腰を抜かすこともなく、野草といっしょに鍋で煮た。四十年くらい前、婆ちゃんが富山にいたとき、大不況のあおりで食べ物がなくなり、蛇を煮て食べたという。

育ち盛りの兄は、蛇の肉をはじめて口に入れたとき、

「鶏《とり》のささみのような味だな」といった。

兄は中学に入るまで、サラリーマン家庭で、不自由のない暮らしをしていた。とはいえ、戦争中と戦後の食糧難を東京で経験していたので、食い物の心配のない時と飢餓の時とが、地層のように入れ替わる子ども時代を過ごしていた。

ぼくは鶏のささみがどんなものかは知らなかったけれど、兄とは反対に、のちに鶏のささみを食べたときは、

「確かにアオダイショウのような味だな」と思った。

兄が「あいつにはいうな」といったので、小学生の姉は、蛇であることに気づいたかどうかわからない。しかし、朝から出てきた肉料理が鶏でないことはわかっていたはずだ。それに、婆ちゃんのしつけは厳《きび》しかったので、食卓に出されたものは残さずに食べなければならなかった。

アオダイショウで味をしめたぼくは、うさぎ、とかげ、カエルを空き地で捕まえては家に持って帰った。カエルは滅多にとれなかったが、後にフランスで食べたもののようにおいしかった。イナゴは足を切って婆ちゃんが佃煮《つくだに》にした。

父が死ぬ前も、蛇やカエルを捕まえたことはあったが、今は、生活に役立つことがうれしかった。婆ちゃんが喜ぶ顔を思うと得意になって獲物《えもの》を探した。婆ちゃんに獲物を渡すと、ちょっと片手おがみをした。ぼくに対してか、カエルに対してかは、わからなかった。

地を這《は》う虫、蛇、カエル、イナゴ、それにヨモギなどの草や、自生する穀類《こくるい》は、季節によってメニューが変わるが、空を飛ぶスズメは、いつでも手に入れることができた。野原に残っていた瓦礫《がれき》の中からレンガを探し出し、ワナをつくってスズメを待った。

スズメがエサをつつくとレンガが倒れる、という簡単な仕掛けで捕獲《ほかく》できた。ワナは友だちといっしょにつくり、分け前はそれぞれの家に持ち帰った。はらわたは栄養があるといって食べる家もあったが、婆ちゃんは、はらわたを抜いて焼いた。

空腹を満たすことと遊びの区別はなかったし、鳥を捕っても、とがめる者はいなかった。それを見て笑う者もいなかった。多くの人が貧しかったし、誰もが腹を空かせていたからだ。

もっと手っ取り早く食糧にありつく方法もあった。

道路はどこもデコボコしていたから、魚や野菜を運ぶ大八車《だいはちぐるま》の後を追っていくと、車からものがこぼれ落ちた。ときには大八車がひっくり返ることがあった。魚、野菜、くだものまでもが道にばらまかれ、腹を空かした子どもたちは、大八車を引くあわれな大人に追われながら、われ先に拾った。

子どもは、拾い集めた野菜や魚を家に持って帰るのだが、量が多いときは八百屋や魚屋に持って行って売った。ぼくは、その金で、米、麦、ヒエ、アワを買って帰った。八百屋や魚屋も、盗品であることはわかっていたが買ってくれた。婆ちゃんも、「落ちていた野菜を売った」という、ぼくの言葉を半信半疑で信じた。信じなければ、その日は、育ち盛りの子どもに雑草を食べさせなければならなかった。

鯛焼きほどうまいものはなかった

ぼくは小学校に入ると、鳥の飼育係になった。動物が好きだったからだ。食べたから好きになったのか、罪滅《つみほろ》ぼしのつもりかわからないけれど、少なくとも池袋の空き地で食べられる動物に親しみを覚えていたことは確かだ。

空き地からはときどき旧陸軍の不発弾が見つかった。ぼくらはそれを掘り起こして、朝鮮人がやっている鉄くず屋に持って行って金に換えた。その金で、あめ玉を買って友だちと分けた。あめ玉は唯一の糖分だった。軍隊は平和を守るためにあるというなら、わざわざあめ玉にされる鉄くずをつくらないで、はじめからあめ玉をつくっていればよかったのだ。

父が死んでからは、母は家にいなくなったが、重苦しい病人のうめき声がなくなり、兄や姉、祖母の気むずかしい顔がほぐれて、ぼくは家に帰るのが好きになった。住み込みで働いていた母は、月二度家に帰ってきた。そして途中で鯛焼きを二つ買ってきてくれた。それを、母と兄、姉、婆ちゃんとぼくの五人で切り分けて食べるのだが、世の中にこれほどうまいものはないと思った。のちに食べたどんな食べ物よりうまかった。母も待ち遠しかったが、鯛焼きとどちらを待ち焦《こ》がれていたのか、ぼくにはわからなかった。

そういう団らんで、兄はよく親父《おやじ》の話をした。

父親は、小さな工場の機械の設計技師だった。終戦まぢかに、陸軍から頼まれて、ジェラルミンを使って風船爆弾の部品をつくっていた。風船を日本の上空にあげると、地球の自転によって、米国の西海岸に落ちるように設計されていた。戦争末期、負けに負けて、智恵も枯れ果てた陸軍軍人が思いついた、役に立たない武器の一つだが、何人かの米国市民を殺傷させたようだ。父がその部品をつくっていたと思うと胸が痛むが、誇り高い技術者だった父も、軍人に命令されれば仕方なかったのだろう。

戦争が終わると、父はその工場でいろいろな機械を設計するようになった。コンベヤにビンを乗せて、ビンを洗い、洗ったビンを逆《さか》さまにして水を切る機械については、兄は自分で設計したように、自慢げに語った。父は、その技術を買われて日本の大手企業から誘いがあったが、「今の会社に義理が悪い」といって断った。

会社もその義理を返すつもりか、父が病気になると、いい医師を探して、さまざまな医療を受けさせてくれた。当時の治療技術の中で、もっとも新しく高価だったものは、米国直輸入のラジウム光線を使った放射線治療器で、父の命がそれで少し伸びたのかどうかはわからない。

父は病気になる前に百坪の家を買った。庭にヒマラヤ杉が数本あった。これはのちに学校に寄付した。モモの木も寄付すると申し出たが、学校が断った。わずかに実ったモモを、子ども全員に分けることもできないし、腹をすかした子どもが盗みでもしたら、学校の立場が悪くなるからだろう。父の医療費を出すために庭を半分売ったときもモモは残った。このモモは、ぼくの皮膚病除《よ》けのまじないになった。

父の病気で家はいっぺんに困窮《こんきゅう》した。家族は、原っぱで草をとり、米屋で精米のときにこぼれるヒエを分けてもらって、おかゆにした。隣のおばさんが、サツマイモを二本持ってきてくれたときは、思わず生唾《なまつば》を飲んだ。

ぼくが小学校二年になると、それまで牛乳配達や新聞配達をして中学に通っていた兄が、夜間高校に入学し、工場で働きはじめた。気むずかしい兄は、中学を卒業するとき、最優秀の成績表を婆ちゃんに見せると、惜しげもなく竈《かまど》に放り込んで燃やしてしまった。普通科の高校に行けなかったのが悔しかったのだろう。

十五歳の兄が働き出すと、わが家の経済状況は少しだけ好転した。

少し裕福になった

ぼくが悔しく思い出すのは、四十代半ばで、はげかかって、年より老けて見えた小学校教師のMの存在だった。

「片親のおまえはろくなものにならない」

Mは、小学校一年のときから六年までのぼくの担任で、何かにつけてぼくにそういった。

朝鮮人の子どもは、いじめられていることをMに訴えると、

「朝鮮人だからしょうがない」といって取り合わなかった。

しかし、Mは、盆暮《ぼんく》れの付け届けをする富裕層の子弟には態度が違った。医師の息子である多田には、給食のとき、ボロボロになった茶色のカバンからバターの小さな包みを渡していた。多田のほかにもバターの包みをもらっている子どもがいた。

多田たちは、バターの包みを開けると、黙々とコッペパンに塗った。ぼくはバター

なるものを知らなかったから、うらやましいとは思わなかった。それがいったい、あめ玉のように甘いものなのかどうか、ぼくは多田に一度聞いたことがある。

「甘くない。うまいもんじゃない」

多田がそう答えてからは、ぼくはバターのことは忘れた。

ぼくは、給食には何の不満もなかった。それどころか、給食はぼくには夢のようなごちそうだった。鯨肉は臭《くさ》く、野菜の煮付けは冷たくてまずいという子どもがいたが、ぼくには、それが信じられなかった。コッペパンといっしょに一口一口味わって食べた。ときどき砂糖をまぶした揚げパンの甘い匂いが給食室から漂《ただよ》うと心臓が高鳴った。

クラスには脱脂粉乳《だっしふんにゅう》を飲めない子どもが数人いて、残されたミルクはブリキのコップからブリキのバケツに戻された。これを五、六人の子どもと分けるのだが、これが給食の楽しみの一つだった。

教室では、ぼくがいちばん貧しいというわけではなかった。「ちょーせん」と呼ばれていじめられていた男の子は、給食を食べずに窓際で、毎日、イモのようなものをかじっていた。給食費が払えなかったからだ。

あるとき、ぼくが、残ったミルクをアルミニウムのカップにそそいで、自分の席に戻ろうとしたとき、ふとキムという、その子と目があった。

「飲む？」と、ぼくは、キムにアルミニウムのカップを見せた。

「いらん」と、キムは歯をむくようにしていった。ぼくは、ほっとして、ミルクを持って席に戻った。キムはいつも一人で教室の端に坐っていた。ぼくは、彼がなぜ「ちょーせん」といわれていじめられるのかわからなかった。

一度、兄に聞いたことがある。

「ちょーせんってどういう意味？」

「朝鮮は、戦争が終わるまで日本の植民地だったところだ。日本が戦争に負けて、日本から独立した」と兄は教えた。

中学生の兄は一家の大黒柱《だいこくばしら》といってもよかったし、勉強もよくできたから、婆ちゃんは、兄には遠慮していた。ぼくとは八歳も違うから、ぼくは、気むずかしい兄が、けむたくはあったけれど尊敬もしていた。

「ちょーせんは、なぜ、いじめられるの？」

「知らん。間違っている。おまえはいじめてはだめだぞ」

「いじめないが、M先生は、ばかにしている」

「Mも相手にするな。心の卑《いや》しい男だ」と、兄は吐き捨てるようにいった。

ぼくは、「植民地」という言葉や、「卑しい」という言葉はわからなかったが、兄がMという人間を心から軽蔑していることに気をよくした。

クラスには、似たり寄ったりの家庭の子どもが数人いた。ぼくのように働いて金を稼いでいる子どももいた。ぼくのクラスでは母子家庭はぼくだけで、給食費はどうにかきちんと出していたけれど、下敷きや鉛筆は買えなかった。鉛筆は短いものを拾って使った。鉛筆が短くなると、竹を削って鉛筆に継ぎ足して長くして使った。筆箱は、母が使っていた小物入れを代用した。消しゴムもなかったから、テスト用紙は、間違えると黒く汚れた。

しかし、ぼくの文房具の中で一つだけ立派なものがあった。父の遺品の中にあった肥後守《ひごのかみ》と呼ばれる折りたたみナイフだ。肥後守で鉛筆を削ったり、鳥のエサにする葉を刻んだ。筆箱には納まり切らなかったので、ポケットにしまっていた。

友人の一人に、刀の鞘《さや》をつくる鞘師という不思議な職人を父にもつ子どもがいた。ぼくが飽きもせず、彼が鞘を削り出すところを眺めていたら、欠けた砥石《といし》を三つくれた。

荒砥《あらと》、中砥《なかと》、仕上砥《しあげと》といい、それぞれ目の粗《あら》さが異なり、この三つを順に使うと刃を美しく研《と》ぐことができた。小学校二年のとき、鞘師から刃の研ぎ方を教わった。

さっそく家の包丁や隣の家の包丁を研いだ。ときどき米やヒエをくれる米屋の親爺《おやじ》のところにも行って包丁を研いであげた。だんだん熟練《じゅくれん》してくると、周囲の家から包丁が持ち込まれるようになった。

「康夫ちゃんに研いでもらって」

台所に、包丁が七、八本も集まるようになった。

それから、ぼくはシュー・シャイン・ボーイズをやめて、研ぎ師になった。包丁研ぎは高等技術だから靴磨きより実入りがよかった。

靴磨きで懲《こ》りていたので、大人の研ぎ師があらわれないところを狙《ねら》って店を出し、貴重な砥石《といし》を持ってすぐ逃げられるようにかまえた。やはり交番の近くが安全だった。

研ぎの稼《かせ》ぎは、靴磨きの二倍になった。多いときは月四百円にもなった。婆ちゃんに金を渡すと、二日に五円だった小遣いが一日五円になった。ぼくは、一回り大きなあめ玉を買うことができた。

あめ玉にはヒモがついていて、上から指でつって、顔を上げ、少しずつなめるのだが、大きいあめ玉はとうぜんのことながら、重いし、なかなか減らない。これは、長時間楽しめるという以上に、ぼくに大きな満足感を与えた。偉い軍人が胸にたくさんつるす勲章も、あめ玉のようなものかも知れないと思った。

少し裕福になったぼくは、池袋駅の高架下《こうかした》にいる浮浪児《ふろうじ》にお金を握らせたことがあった。

当時、まだ親を戦争や空襲で亡くした子どもが路上で寝ていた。ぼくより少し歳上だった。

ぼくの境遇が彼らのものとほとんど似通っていたから、というより、いっぱしに金を稼ぐ、働き手としての子どもらしい優越感も交じっていたと思う。

ガード下の浮浪児は、お金を稼げない、弱い子どもだ、そうでないぼくは、彼らにいくらか渡さないといけない、という義務感もあった。ただ一回のことだが、金を渡したあと、かえって気がとがめた。そのときの浮浪児の目が忘れられない。怒って、お金を投げ返されるかもしれないと思った。しかし、床に坐ったままの少年は力なくぼくを見上げていた。

当時、池袋の駅周辺には浮浪児のほか、ボロボロの軍服を着て軍帽をかぶった傷痍《しょうい》軍人が坐って物乞《ものご》いをしていた。傷痍軍人とは、戦争で怪我をした軍人のことで、手や足をなくしていた人が多かった。しかし、池袋駅で物乞いする人のほとんどは実際には傷痍軍人ではなかったし、両手両足ともあった。暗くなって、ぼくが道具をしまいはじめると、足のないはずの傷痍軍人も店じまいした。そして、すっと立ち上がると、今日の実入りをポケットに入れて、ぼくの頭をなでてから、サラリーマンのように闇にまぎれていった。

ぼくは、「なぜ、足のないフリをするの?」とは聞かなかった。何とかして今日を生きようとする者の連帯感のようなものがあった。

戦争が終わって十年近く経っていたが、古着屋には旧陸軍の軍服が売られていた。戦争が終わってしばらくは、生き残った日本兵は軍服を着ていたようだが、その後、誰も軍服を着なくなり、着古された軍服が、古着として二束三文《にそくさんもん》で売られた。それらを、傷痍軍人を装《よそお》う男たちが制服のようにして着た。なかにはほんものの傷痍軍人もいたのだろうが、外見《そとみ》には、その区別はつかなかった。

古着屋には日本兵の軍服だけではなく、米兵の軍服も横流しされていた。日本軍の軍服は捨て値で売られたが、米兵の軍服は丈夫で高値がつけられていた。

同情されるのがいやだった

教師のMが、貧しい子どもの中でも、とくにぼくに目をつけた理由はわからない。貧しいだけではなく、ふてぶてしい態度が気に障《さわ》ったのだろうか。反対に、ぼくは、喧嘩もしないが、クラスのいじめっ子は、ぼくをいじめの対象からはずしていた。

理由はわからないが、ぼくが学校の帰りに、池袋駅前で靴磨きをしたり、刃物研ぎをしていたから、「愚連隊」と呼ばれる年上の男たちと関わりを持っていると思ったのかもしれない。その誤解を利用して、ぼくは、ときどき、いじめっ子から、気の弱い子どもを救うことがあった。とくに、「ちょーせん」と呼ばれるキムの上履《うわばき》きなどを取り上げて、からかうのは許さなかった。

「返してやれよ」

ぼくがそういうと、Oという、丸々と太った少年は、不服そうに、しかし、不思議なくらい素直に、まるでぼくがOの友人ででもあるかのように、いうとおりにした。しかし、Oが、キムのことを、「ちょーせん、ちょーせん」といってからかうのは、彼自身もその意味がわからないようだったから、ぼくはOをとがめなかった。

ほかの子どもがキムと話をしていると、Oは、「ちょーせんだぞ、おまえも、ちょーせんかよ」といって、会話の中に割って入ったが、ぼくがキムに話しかけても、Oは何もいわなかった。

Oは、ほかのいじめっこにたがわず、一人では何もできないが、仲間を引き連れては、は虫類のようにしつこく、自分より弱いと思われる者をいじめた。また、そのは虫類にしたがう子分にも、なぜかこと欠かなかった。

M教諭は、キムには、あまりいじわるの矛《ほこ》さきを向けていないようだった。キムは週に三、四日くらいしか学校に来なかったから、勉強は遅れていたし、たぶんぼくよりはるかに貧しく、つぎはぎだらけの洋服はぼくより汚れていた。父親は病気らしく、いつも家にいるようだった。キムが近くの鉄くず屋で手伝いをしている姿をときどき見かけた。

キムは、顔が長く、浅黒かった。それが汚れのためなのか、もともとの色黒なのかわからなかった。細い目でじっと人をみる癖があり、口数は少ないが、ときどき怒ってOに大きな声を出した。しかし、殴られても自分から手は出さなかった。

トタンで囲った家から、キムの母親の怒鳴《どな》り声をよく聞くことがあったが、キムの話し方はそれに似ていた。キムの母親は朝鮮の言葉しか話せないのか、何をいっているのかわからなかった。キムの話し方は、そのまま朝鮮語のようにも日本語のようにも聞こえ、二つの言葉が似ていることを実感させた。

キムは、日本で生まれ育ち、ふつうの日本語を話していたが、ほとんど会話らしい会話をしないまま、小学校四年のとき、トタンをかぶせた家とともどもに消えてしまった。

M教諭が、キムを叱っている姿を思い出せない。M教諭は、ぼくと目を合わせようとしなかったが、果たしてぼくとだけなのか、ほかの子どもとも同じなのか、それとも金持ちの子どもとだけは目を合わせていたのか、ぼくは知らない。ぼくが話しかけても横を向いたまま聞こえないふりをすることがあった。ぼくは、Mにしばしば、耳の遠い老人のように話しかけなければならなかった。

「片親のおまえはろくなものにならない」というMの口癖は、ぼくにはその意味がわからなかったが、母《かあ》ちゃんや婆ちゃんが侮辱《ぶじょく》されたように思った。それがぼくには許せなかった。

Mは、ときどき「掃除をさぼるな」といって、ぼくの頭を殴った。しかし、ぼくは掃除をさぼった覚えはなく、むしろ、人より丁寧に窓ガラスや床拭きをした。OはOで、勝手にぼくを誤解し、MはMで、ありもしないことで、ぼくにいいがかりをつけた。

子どものOは、大人になるとMのようになるのだろうか。大人の世界にも、は虫類のような、いじめはあるのだろうか。もっとも、ぼくは、ヘビが嫌いではないし、は虫類がいじめをするのかどうかしらない。いじめが、人間の世界にしかないとすると、人間は、生き物の中で、いちばん愚かな生き物なのかもしれない。

そういえば、婆ちゃんが、

「戦争なんて馬鹿なことをはじめるのは、自分がいちばん賢いと思っている人間だ」と眉ねを寄せていっていた。

Mのいやがらせの中で、いちばん困ったのは、毎年の学芸会のとき、ぼくにだけ役をつけないことだった。五十人のクラス全員に役がつくことになっているから、反対に役のないぼくだけが目立った。少なくともぼくにはそう思えた。

学芸会の練習のとき、ぼくだけすることがなかった。教室の端っこで、小さな椅子に坐り、足をぶらぶらさせながら、周囲のクラスメートのせりふを繰り返して意味もなく暗記したりした。

　もっとも、役の中には葉っぱの役もあって、その役の男の子は、手作りの葉っぱをもってひらひらさせるだけだったから、家から持ってきた厚紙を切って葉っぱをつくってしまったら、とくに練習もなく、ぼくといっしょに、手持ち無沙汰《ぶさた》にしていた。しかし、自分だけ出番がまったくないというのは、まるで透明人間のようで、どんな顔をしていればいいのか迷った。ときどきしか学校に来ないキムでさえ何かの役をもらっていた。

　今、考えると、動物役とか、木の葉役とか、人以外の役は、勉強のできない、貧しい子どもたちが割り振られていたようだった。

　しかし、学芸会では、ぼくの家族は誰も来なかったから、Mが、ぼくに役を与えなかったのは正しかったかもしれない。学芸会は、いわば母親や父親に、自分の子どもが学校でどう成長したか、その姿を見せるためのもののようだから、Mは、観客のいないぼくに、ただでさえ不足しがちな役を振り分けるのはもったいないと思ったのかもしれない。

　親は、自分の子どもが主役でも、脇役でも、羊でも、木の葉でも、ほかの子どもより輝き、名演技をしていると信じているようだった。まだ高級品だったカメラを持ってくる親もいた。ぼくは舞台のソデで、そういう母親や父親たちのうれしそうな表情を見ていた。

キムの親が来ていたかどうか、ぼくには記憶がない。キムの母親は、土木作業のようなことをして働いていたし、父兄参観にも、ぼくの家族と同様に一度も顔を出さなかった。だから学芸会に来るとしたらキムの父親だった。毎日、寝たり起きたりして、キムと同じ長い顔をもち、顔色はほとんど土色だった。

あるとき、ぼくは友だちと路地でチャンバラをしていた。すると、老人のようにアゴ髭《ひげ》を生やし、背は高いが腰の少し曲がった男が、ぼくらのチャンバラを見ながらいった。

「サンテが世話になるね。ありがとね。遊んであげてね」

「えっ？」

ぼくらは顔を見合わせた。片言の日本語だが、それがキムの父親だと理解したのは、彼がぼくらの前を通りすぎて、杖をつきながら、ゆっくり夕闇の町角に消えてからだった。

キムは、学校では「キム・ソウタ」と呼ばれていた。だからぼくには、「サンテが世話になる」という言葉がよく聞き取れなかった。ソウタは家では「サンテ」と呼ばれているらしかった。キムの父は、ぼくらが不思議そうにしていても、何も説明しないで立ち去った。もの悲しい雰囲気をしているな、とぼくはそのとき思った。

ぼくの家族は、学芸会だけではなく、住み込みで働いている母も、婆ちゃんも学校には一度も足を踏み入れたことがなかった。運動会のときは、婆ちゃんに煮てもらった芋を、校庭の木陰《こかげ》で、一人で食べた。

級友は、家族で、ちらし寿司や握り飯を食べていたが、なぜか、それをうらやましいと思った記憶がない。ただ、不思議なことに、米がないことが恥ずかしかった。あの「ちょーせん」のサンテと同じと思われるのが何となく悔しかった。寿司や握り飯がないからではなく、「米がない」という理由で同情されるのがつらかった。

M教諭はそういうぼくやキムを、冷ややかに見ていたようだ。ほかのクラスの子どもの中には、担任や友人から握り飯などをもらっていた子どもがいた。ぼくはそうされるくらいなら、昼飯時に姿を消していようと思った。キムが運動会に来ていたかどうか覚えがないが、キムも同情を嫌っていた。キムは毎日の給食さえ食べていなかったが、窓際でぼんやり外を見ていた。女の子が、食べきれないパンやおかずを上げる、といってもキムは怖い顔をして断っていた。

Mのいじめ

M教諭のいじめの中で、ぼくが全身で抵抗したものがあった。

Mが、ぼくの肥後守《ひごのかみ》を取り上げたときだ。

まだ鉛筆削りというものを持つ子どもがいなかったのか、あるいは鉛筆削りという発明品がなかったのか知らないが、肥後守を持っているのはぼくだけではなかった。しかし、Mは、「危険だからこんなものを学校に持って来るな」というと、ぼくの手から肥後守をひったくった。ぼくは、その夜、怒りに震えながら作戦を考えた。

翌朝、職員室に一人で乗り込むと、職員室中に響く声で訴えた。

「ぼくの肥後守を返してください。ぼくにはとても大切なものなんです。父の形見です。それがないと鉛筆を削れません」

学芸会で役をくれなかったMに向かってこんなところで演技することになった。

今朝、学校に来るまでに何回か心の中でリハーサルをしてきた。乱暴にいわず、しっかりと声を張り上げて、一生懸命いうことにしよう。そうすれば、ほかの教員が、ぼくに同情するだろうと思った。人から同情されるのは嫌いだが、肥後守はぼくにとって大切なものだったから、ぼくには一世一代の演技のつもりだった。

朝の授業が始まる前、どの教員も、忙しそうにしていたが、いっせいにMとぼくに目を向けた。ぼくと目を合わせようとしないMの顔が、一瞬、蒼白《そうはく》になったような気がした。Mは大きな舌打《したう》ちをした。Mは職員室でも嫌われているようで、Mに向けられた視線は、Mを非難するものであるように、ぼくには思えた。

Mは必死でとりつくろおうとした。

「おまえが肥後守を振り回すから危ないと思ったんだ。人に怪我《けが》をさせそうだったからな」

「ぼくは鉛筆を削る以外に肥後守を出したことはありません」

「うそをつくな」というと、Mはぼくの頭をこづいた。

「先生は、なぜそんなうそをつくんですか」

ぼくはそのとき、九歳だった。ぼくはずるかった。ぼくは、Mに苦しめられている子どもであるという役に没頭《ぼっとう》した。「ほんとうに困っています」と無邪気を装《よそお》って大きな声でいった。このずるさを、ほかの教員に気づかれなかったか、と思うと顔がほてった。

Mはまた舌打ちすると、引き出しを開けて、ぼくのほうを見ずに、ぼくに肥後守を乱暴に返した。Mも焦っているようだった。職員室中が、二人の会話に耳を傾けていたからだ。

「これから気をつけろ」

Mは、あとでぼくに何か仕返しするだろう。そう思ったが、ぼくは肥後守を取り返すことに成功した。Mから肥後守を返してもらうと、急いで職員室を出た。ぼくは、自分の大げさな態度を父に恥じる気持だった。こんなことをさせたMをますます憎んだ。

しかし、ほかの教員からは、心の中の拍手が聞こえるような気もした。

Mは、肥後守だけではなく、その前に、ぼくから腕時計を取り上げたことがある。といっても壊れた時計だったので、このときは困らなかった。

この腕時計は家の近くに住む米兵が帰国するとき記念にくれたものだ。彼は、毎日、ぼくの家の前の狭い路地を通ってどこかの事務所に通っていた。ぼくは、夕方、窓際で釣りでもするように彼を待ちかまえていた。大柄の白人男が夕闇の中に現れると、

「ギブミ、チョコ」といった。

「イエース！」

彼は、いつもチョコレートをポケットの中にしまっていた。彼はほがらかな男のようだったが、ぼくとの会話はそれだけだった。それ以外の言葉は通じなかったし、必要もなかった。

その彼が帰国するとき、わざわざ、ぼくの家を訪ねてきた。ぼくも婆ちゃんも腰を抜かすほど驚いた。チョコレートのほかに、ポケットから腕時計を出して、ぼくにムリヤリ受け取らせた。それから何かを短くいって出て行った。

「さようなら。アメリカに帰るよ。元気でな」といったのだろうと、ぼくも婆ちゃんも思った。

腕時計は壊れていたが、ネジを巻くと動いた。ぼくは学校に持って行って友達に自慢した。それを突然教室に入ってきたMに見られてしまった。いやな予感がしたが、

案の定、「こんなものを持って学校に来たんか」といって、腕時計を外《はず》させると、自分のポケットにしまった。

「それ、壊れています」と、ぼくは弁解するようにいった。

「そうだろうな」と、Mはいった。そのときも、ぼくは侮辱《ぶじょく》された気持ちになったが、腕時計は惜しいと思わなかった。それにしてもMは壊れた時計をどうしたのだろう。

教員の中には、ぼくの味方がいた。佐々木という若い教師で、ときどき、校庭など人気《ひとけ》のないところで、ぼくを呼び止めると、「どうしている?」とか「元気か」と声をかけてくれた。佐々木は、ぼくの兄の担任をしたことがあった。兄は成績がよかったせいもあり、佐々木とは仲が良く、ぼくの家の事情も詳しく知っていた。

小学校高学年になったとき、ぼくは、校庭で、佐々木に、Mにいわれたことを話した。「片親はろくなものにならない」というMの口癖だ。

佐々木は眼鏡をはずして、ハンカチで拭きながらいった。

「片親でも、立派な人間はたくさんいるよ。ぼくもお母さんが早くに死んでしまった」

ぼくは、「片親」という言葉の荷を下ろした。

「なぜ、M先生はぼくに意地悪をするの？」と、ぼくは佐々木に聞いた。

「M先生は、中国からの引き揚《あ》げ者《しゃ》でつらい思いをしたんだよ」

Mは、戦争前に中国大陸の満州に行き、日本人の村で教員になった。満州も日本の植民地のようなもので、たくさんの日本の農民が満州に入植《にゅうしょく》し、農業をしていた。戦争が終わる直前に、北からロシア軍が攻めて来ると、日本軍はわれ先に逃げ、日本人の農民が取り残された。村人は、食べ物もなく、ロシア軍からいのちからがら日本に逃げてきた。Mは、そのとき妻も子どもも失ったという。

「M先生は、君よりずっとつらい思いをして生きてきた。だからどこかで心がかたくなになってしまったのかもしれないね」

ぼくは、Mをいつか殴ってやろうという気持が少しなえてしまったのが悲しかった。

ぼくはキムのことも思い出して、佐々木に聞いてみた。

「ちょーせんは、どうしていじめられるの？」

佐々木は、ぼくを校庭の鉄棒のところに連れて行った。ぼくより小さい子どもが何人か遊んでいた。

「朝鮮は、戦争が終わるまで日本の植民地として日本がいじめていた。その習慣が残っているから差別されているんだ」

「サベツ?」

佐々木はしゃがんで、土に「差別」と書いた。

「意味もなく人をバカにすることだ。君は、日本人が朝鮮人をばかにする理由がわかるか」

「わかりません」

「朝鮮人の悲しみや痛みを知らないからだ。ほんとうは尊敬しなければならない国民だ。朝鮮は、その昔、日本にいろいろな文化を運んできた立派な国だ。それなのに、日本は長い間、朝鮮を苦しめてきた」

佐々木は怒っているようだった。佐々木は続けた。

「昔の人がね、人は人の上に人をつくらず、人の下に人をつくらず、といったんだけど、意味はわかるか」

「わかりません」

ぼくは大切なことを教えてもらっていることだけはわかった。

「貧しくても、子どもでも、外国人でも、どんな人でも敬《うやま》われなければいけない、という意味なんだ。誰かを、自分より下だと思うことが差別なんだ」

「M先生は、ぼくを差別しているんですか」

「増田君、君は誰も差別していないのかい？」

そういうと、佐々木はぼくの顔をのぞき込んだ。秋の夕方だった。佐々木の眼鏡にイワシ雲が映《うつ》っていたのを思い出す。その眼鏡越しの目は優しかった。

「誰も差別なんかしていません」とぼくは答えた。

「君は、ガード下の浮浪児《ふろうじ》にお金をあげたことがあるね」

「えっ？」

ぼくはいつか、そんな話を佐々木にしたことを思い出した。でも、それがどうして「差別」なのか。

「ガード下の浮浪児を、君は自分より下の人間だと思っていないかい？」

「お金を上げたことが悪いことなの？」

「相手はどう思ったのかな。お金はほしいけど、同じような年齢の子どもからお金をもらうことをどう考えたろう。想像してごらん。君ならどう思う？」

ぼくはしばらく考えたが、ぼくがお金をもらう立場だったら悔《くや》しいと思うかもしれなかった。でも、その子は、そのお金でしばし空腹をしのいだはずだ。

「君の行為は間違っていないと思う。ただ、相手の心の中を想像することが大切なんだ。人を差別しないようにするためには、想像力を働かせることだ」

「それじゃあ、みんな、知らずに人を差別しているの?」

「ぼくも、君も気づかないうちに人を差別している。それは間違いない。他人に対して、ちょっと想像力を働かせると、いろいろな差別に気づくんだ」

「どうやったら差別に気づくの?」

「人のことを悪くいうとき、自分はどうなんだろう、と考えることかな」

「M先生のことも?」

「そうだよ」

ぼくはそのとき、佐々木の言葉をどれだけ理解できたかわからない。しかし、佐々木にそういわれると、Mが、案外《あんがい》、弱く孤独な大人であり、食べ物もなく外国を歩きまわり、妻や子どもを失った苦しみを少しは想像することができるような気がした。

そのときから、「人の上に人をつくらず、人の下に人をつくらず」という言葉が、想像力という言葉といっしょに脳裏に焼き付いた。福沢諭吉という人の名前を知ったのはずっとあとのことだ。

佐々木がいったことで、もう一つよく覚えていることがある。

小学校六年のとき、何かの帰りに、ぐうぜん、町で佐々木に会った。独身の佐々木は自分で買い物をして料理しているようだった。

「元気か」と佐々木からぼくに声をかけた。

ぼくは、そのときも佐々木に、Mのことを訴えた。事件そのものは忘れてしまったのだが、佐々木に説明した言葉を覚えている。

「M先生は、ぼくがカンニングをしたというんだけど、ぼくはしていない」

ぼくは理科が好きで、ほかの科目はまったくダメなのだが、理科だけはできた。このことは、六年間担任だったMはよく知っているはずだった。しかし、今回の試験でカンニングしたといわれ、教室の外に立たされた。Mは何をいっても聞かなかった。

「あのね、増田君、『人を呪《のろ》わば穴二つ』って、ことわざを知っているかい?」

「知りません」と、ぼくはふてくされて答えた。

「人を憎んだら、自分もその人と同じになるという意味だ。人を憎むと、憎んだだけ心がすり減るんだよ」

佐々木はもどかしそうにいった。

「難しいかな。人を憎むと、自分の心が小さくなる。米粒のようにね。人を憎めば憎むほど心が小さく弱くなる。すり減っていくんだ。今はそのことだけ覚えておきなさい」

佐々木は、そういうと右手の親指と人差し指で米粒をつまむような仕草《しぐさ》をした。

「だって・・・」

ぼくは、佐々木のいう意味がまったくわからず、Mへの愚痴《ぐち》をいいつのろうとした。佐々木はしばらく黙ってぼくの話を聞いていた。

「じゃあ、ぼくがM先生にいっておこう。君が、カンニングをするような子じゃないことをね」

「そんなことしても、ほかの子もM先生のいうことを聞いていたから、みんな、ぼくがカンニングしたと思っています」

「思ってないよ」と佐々木は自信ありげにいった。「みんな、M先生は間違っているると思っているよ。君が、みんなの前で、そういったんだろう？」

「うん」

「それで、みんなわかると思うよ。友だちの多田君は、カンニングをしたとは思っていないんだろう？」

「ぼくが多田君の答案を見たとM先生はいうんです」

「M先生」というのも、ぼくはもどかしかった。「M」で十分だ。

「君の席と多田君の席は離れているの？」

「ものすごく離れています。でも答案用紙を集めるとき、ぼくがチラッと見たというんです」

「クラスの子どもは、君を信じるか、M先生を信じるか、どっちだと思う？」

「誰もM先生のいうことなんか信じないよ」

怒りで、つい言葉が粗《あら》くなった。「すみません」と、ぼくは佐々木に謝った。

「それならいいじゃないか。『人をのろわば穴二つ』なんだよ」

婆ちゃんは、「人の悪口をいうな、みっともないことだぞ」といっていたが、それと同じだろうか。

「君の婆ちゃんは偉い。その通りだ。人のことを悪くいう前に、自分はどうなのか考えてみることだ。自分が正しいと思うなら、もっと自信を持つことだ。友だちも君についてくるよ」

Ｍのおかげで小学校時代は苦労させられたが、その分、佐々木がぼくのことを気にかけてくれた。Ｍのいやがらせはあまり覚えていないが、佐々木のやさしい言葉は一つひとつ身に染みた。

科学の楽しみ

ぼくが中学にあがると、ぐうぜんだが、佐々木が、同じ中学の社会科教員になった。学校で、佐々木と頻繁《ひんぱん》に顔を合わせるようになった。佐々木は、小学校時代のぼくにはなくてはならない存在だが、学校の廊下で会うと、まるで親か兄に会ったようなな、はにかんだあいさつをしかできなかった。

中学に入ると、ぼくは、いろいろな意味で自由になった。兄のように、牛乳配達と新聞配達の掛け持ちのアルバイトをするようになり、その稼《かせ》ぎのうちのいくらかは自由に使えた。あめ玉を買うのは、いつかやめていた。

母は、家から通いの仕事に変わり、工場の工員のための食事をまかなう仕事になった。まかないの仕事というのは余得《よとく》があり、余った食材を持ち帰ることができた。家の借金は残っていたが、二階に下宿人を置き、高校を卒業した兄が会社員になっていたこともあって、白米を食べられるようになった。

ノートや鉛筆は相変わらず節約しながら使ったが、ほかの子どもと同じように、短くなった鉛筆にはアルミのキャップをつけた。百合根やヘビを鍋で煮る生活からは遠ざかったが、それが少し残念でもあった。春が終わりかけて、学校の行きがけに、温かい原っぱでヘビが長々と寝そべっているのを見ると、ぼくのように腹を空かした子どもが減ったのかなと思う。捕まえて家に持って帰ったら婆ちゃんは何というかな、とも思った。

「捕まえてきたものはしょうがない」

そういって、婆ちゃんはヘビを鍋で煮るだろうか。ぼくは平和そうに眠るアオダイショウを見ながら、捕まえたい気持ちを我慢して学校に急いだ。

ラジオでは日米安保闘争が激しくなり、学生たちが国会を囲むニュースをぼくは電気屋のテレビの前でみた。ぼくには学生が闘う理由がわからなかったが、その興奮は伝わってきた。あるとき、ぼくは、佐々木を学校の廊下で呼び止めて聞いた。

「なぜ、学生は日米安保条約に反対するんですか」

「日本とアメリカの間の不平等な条約だからさ」と佐々木はいった。

「でも、日本は戦争に負けたんだからしょうがないんじゃないですか」

「それとこれとは別なんだ。それにアメリカは、日本に軍事基地を置くことでアジアを軍事的に支配しようとしている。日本はそれにかしずく家来だ。そんな立場でいいのかい」

佐々木も安保には反対の口ぶりだった。やはり、ぼくにはわからなかったが、「アメリカの家来」という言葉がひっかかった。アメリカに負けたからといって家来になる必要はない、と学生がいうなら、ぼくもそれには賛成だった。

安保条約は、激しい反対にあったが締結《ていけつ》された。反対運動で、若い女性が死んだことが連日報道された。岸首相は騒乱の責任をとって退陣した。

放課後の科学クラブは楽しかった。試験管やフラスコにさまざまな溶液《ようえき》を満たして混ぜ合わせる化学実験は面白くて仕方なかった。顧問の若い女先生は、たいていのことは大目にみてくれた。そのころ打ち上げられたペンシルロケットの燃料の原料を探るために、黒色火薬《こくしょく》を使った実験をしても何もいわなかった。

三年になると、放課後、水槽の中で、危険な硫酸銅《りゅうさんどう》や硫酸銀《りゅうさんぎん》を溶かして被膜《ひまく》をつくり、針金でつつきながら、それらの金属がサンゴのように成長する姿を見て実験ノートをつくった。女先生は、ぼくらを黙って見守ってくれた。一度、彼女がいないとき、ぼくらは金属ナトリウムを使って爆発を起こしたことがあった。女先生は、校長からこっぴどく叱責《しっせき》を受けたようだが、ぼくらには何もいわなかった。

女先生が結婚したとき、ぼくらはケミカルガーデンの発表用ポスターをプレゼントした。模造紙に中学生らしい金釘《かなくぎ》流の文字と絵で実験経過を解説したものだが、女先生は丸い顔をくしゃくしゃにして受け取ってくれた。

ぼくの家の近所には、朝鮮人が多く住んでいた。池袋の東口は早くから開発されたが、西口はいつまでもバラックの建物が残っていた。彼らは拾《ひろ》ってきたトタンで、周囲を囲って家らしいものをつくって雨風《あめかぜ》をしのいでいた。戦争が終わって十五年もたつとトタンで囲っただけの家は珍しかった。

ぼくは、中学に入るまで、池袋の西口周辺で、包丁研ぎをしていたが、ぼくの周囲でシュー・シャイン・ボーイズをしている男の子の中にも朝鮮人がいた。貧しい子どもの中でもとくに貧しく見えた。服もみすぼらしかったが、日本人の子ども仲間からもはみ出していた。

彼らが、ガラの悪い少年や大人から、からかわれたり、乱暴されているのを何度か見かけた。そのころには、ぼくはこの商売のからくりがよくわかるようになっていた。朝鮮の子どもたちは、愚連隊《ぐれんたい》といわれる少年たちに所場代《しょばだい》を払っていなかった。ぼくも払わなかったが、ぼくは、警官の前でしか店を開かなかったし、警官の姿が視野から消えるとぼくも姿を消した。

愚連隊も警官には注意していた。警官が見えないところで朝鮮人の子どもに乱暴した。しかし、何度殴られ、追い立てられても、彼らはやめなかった。愚連隊は、そのうえの不良に訴え、不良たちはさらに上のヤクザに訴えた。そして大の大人のヤクザが出動して、朝鮮の子どもを殴ったり蹴《け》ったりして駅周辺からハエのように追い立てた。

しかし、朝鮮人の子どもらは、親が失業していて、家族の中でいっぱしの稼ぎ頭《がしら》だったから、殴られても、蹴飛《けと》ばされても靴磨きの箱を元の場所に置き直して、小さいながら、周囲に鋭い目を配りながら商売を続けた。

もうそのころ米兵はいなかった。朝鮮戦争が終わって日本経済が活況《かっきょう》を呈するようになり、顧客は日本人だけになった。

六つくらいの靴磨きの子どもを、中学生か高校生の不良がいじめていた。戦争から帰ってきた復員兵の弟などが、大人になりきれずに愚連隊を組んで池袋をパトロールしていた。何をパトロールしていたかはわからないが、自分より弱い者を探していた。所場代を払わない朝鮮人の子どもは彼らの餌食《えじき》だった。朝鮮の子は、金はなかったが、いくら殴られても、日本人の子どもより我慢強かった。

ぼくが包丁研ぎをしながら、同じくらいの年の靴磨きの少年に、「あの朝鮮人の子はどうしたの？」と聞くと、さも、いい気味だというように、「連れて行かれたよ」と答えた。彼にとっては商売敵《がたき》だが、ぼくには悲しかった。あの悲しさは、朝鮮の子どもがかわいそうだという感情より、日本人としての誇りを傷つけられたような気持ちだった。

獣医になりたい

ぼくは、兄と同じように、新聞配達と牛乳配達をすると、小遣いもでき、そのうえ牛乳屋では、牛乳を二本飲むことが許された。そのころ牛乳は貴重品だった。

ぼくは、小児ぜんそくをわずらっていたこともあり、小さいころは愚連隊に追い回されたこともあったので、中学に入るとすぐ近くの警察道場で柔道を習いはじめた。新品の柔道着を小遣いで買ったときはうれしくて、家の中でしばらく着ていて婆ちゃんに叱られた。

小児ぜんそくは、牛乳のせいか柔道のせいか、すぐ治った。柔道は、学校より面白く、休むことなく通った。中学三年になると、講道館で黒帯をもらった。

学校では、理科と音楽の授業は面白かったが、ほかは興味がもてなかった。五歳のときから金を稼ぐ楽しさを知っていたので、中学を卒業したら、就職するつもりだった。ぼくの学校では、クラスの三分の一以上が中学を卒業すると就職した。

一九六〇年代、日本は、好景気に湧いていて、どこの工場も人手が足りなかったから、中卒者は「金の卵」といわれて、もてはやされた。

東北や北海道ではクラスのほとんどが東京に来て就職するのが珍しくなかった。東京はそういう少年少女であふれかえっていた。だから、理科と音楽にしか興味を持てないぼくが中学を出て就職するというのは不思議なことではなかった。

婆ちゃんは、「そうかい」といっただけだった。しかし、兄が猛反対した。

「バカ、高校に行け。金は何とかする」

勉強は好きだが全日制の高校に行けなかった兄にすれば、家の大黒柱として働くことを求められない弟が、十五歳で働くといい出すのは信じられないことだったろう。眉《まゆ》の間にシワを寄せて、口から火を噴《ふ》きそうな勢いだった。

しかし、ぼくは目的がないことは嫌いだった。

「何のために高校に行けというの?」

ぼくは兄に反抗的な態度で聞いた。兄といっても八歳年上で、ぼくらを養ってきた人だからぼくにとって父親のようなものだった。それに、今は会社員だが、十代半ばから鉄工場で鍛え上げてきた声と肉体は、理科と音楽好きの中学生を震え上がらせるには十分だった。

「何でもいいから高校に行け。理由は高校に行ってから考えろ」

「それはおかしいよ」

ぼくは力なく抗《あらが》った。世界中で兄がいちばん怖かったし、婆ちゃんも、気むずかしく、ときどき自分勝手なことをいう兄に遠慮していた。だから、兄に逆らうのはムダなことだった。兄が高校に行け、というなら、ぼくは高校に行くしかなかった。

「おまえは、動物園で仕事をしたいといっただろう」

兄は、兄でぼくを説得する方法を考えたようだ。

「今でもそのつもりなら高校に行け」

ぼくは、動物園で仕事をしたいという夢を忘れていた。兄への反抗心は一瞬で消えたが、兄への意地で黙った。兄の命令に不承不承《ふしょうぶしょう》というかたちで、したがうことにした。しかし、兄には感謝した。

多田もぼくのために心配してくれていた。秀才の多田はもちろん進学が決まっていて、受験勉強のため、年が押し迫ると、科学部の部室になっている実験室には、はかばかしく出てこなくなった。もともと科学部は、多田とぼく以外の部員はあまり熱心ではなかったから、事実上、解散状態になった。ぼくは、多田がいなくなると、たった一人だけで、だるまストーブの火を熾《おこ》すのが面倒になり、実験室には近づかなくなった。

受験勉強らしいことをはじめたのは、世の中がクリスマスで賑《にぎ》やかになるころだった。わが家でも、クリスマスケーキを母が買ってきた。兄は「ばかばかしい」といった面持《おもも》ちで自分の部屋に入り、ぼくは同居をいやがる姉との相部屋《あいべや》に入ると、英語や数学の教科書を、かたちばかり開いた。数学のほうはともかく、英語はチンプンカンプンだったから、すぐ机につっぷして眠った。

進路相談で、担任の教師に、「将来、動物園で仕事をしたい」と相談した。餓死寸前で戦争から復員《ふくいん》した担任は、なぜか勉強嫌いなぼくに獣医になることをすすめた。

「実はオレは獣医になりたかった。家に金がなかったから、授業料がただの師範学校に行ったんだ」

彼は、師範学校を卒業して、しばらく教員をしてから広島の高等師範学校に進み、在学中に軍隊に召集された。中国戦線では、兵隊というより、強盗のように、中国人の百姓家から食糧を奪ったという話を、よく授業中にした。理科の教員で、ぼくは、彼のおかげで理科がますます好きになった。

彼は、ぼくらの担任になると、開口一番、「オレは、しばらく強盗をして暮らしていた」といって、生徒を喜ばせた。

「オレの家も百姓だったから、中国の百姓の苦しさは知っていた。でも、オレたちは、そうしないと食えなかったし、食い物を持って帰らないと軍隊でいじめられたんだ」

その後、インドネシアに連れて行かれ、マラリアと飢えで九死に一生を得て帰ってきた。まだ四十代後半であるのに、髪も髭も白く、背が曲がり、丸い眼鏡の顔を突き出すようにして話した。その姿勢から、「もぐら」というあだ名がついていたが、生徒からは好かれていた。ぼくは、「獣医になりたかった」という担任の話を聞きながら、もぐらの獣医を想像しておかしかった。

ぼくも、動物の医者という仕事ができるものならしてみたいと思った。多田は、父親から「医者を継げ」といわれていたから、多田が人間の医者になって、ぼくがその隣で、犬や猫の医院を開くのは楽しいだろうと思った。二人だけの実験室をつくって、菓子パンを食べながら夜中まで実験したらさぞ愉快な人生を送れるだろう。

小さいころ皮をはいだアオダイショウの記憶もよみがえった。怪我《けが》をしたアオダイショウもこっそり治療して、野原に返してやろう。

「近くにあるT高校に入ると、獣医学科のあるN大学に入りやすいようだ」

担任は、そんなあいまいな情報をぼくに与えた。その高校は、今のぼくの学力でも入れそうなヤンチャ坊主の集まる学校だった。

「でも、高校で死ぬほど勉強しなきゃいかんぞ」と担任はいった。ぼくはそれについてはあまり関心がなかった。それより高校に入ったら、兄のように山登りをしようと思った。そのころ、若者の間で、山登りが流行しはじめ、さまざまな山で初登頂《はつとうちょう》が競《きそ》われ、その雄姿《ゆうし》や冒険物語が雑誌などをにぎわしていた。

高校の学費は、牛乳配達と新聞配達でまかなえそうだった。兄や母の収入だけではなく、姉も高校を出てデパートで仕事をするようになったから、稼ぎのないのは、家では婆ちゃんだけになった。

そのころ、姉の強い希望でテレビを買った。婆ちゃんは、うちの二か月分近い収入でテレビを買うくらいなら、洗濯機を買いたいと主張した。しかし、ふだんわがままをいったことがない姉の意見に折れた。手で洗濯するわずらわしさを知らないぼくも、洗濯機より、テレビで、相撲の実況中継を見てみたいと思った。

応援団を手伝う

ぼくは高校に入ると、何となく気まぐれで吹奏楽部に入った。楽器など上流階級の持つものだと思って触ったこともなかったが、数十人がさまざまな楽器を演奏して一つの美しいハーモニーをつくることに憧れた。人間の心の奥底は音楽かもしれない、とぼくはそのころ思った。

しかし、吹奏楽部の顧問からクラリネットを渡されるとがっかりした。クラリネットの音色は、ちんどん屋を思い起こさせた。ちんどん屋は、顔を白く塗り、クラリネットを吹き鳴らして町まちを練り歩き、映画館やパチンコ店のビラをまいた。そのどこからともなく聞こえるクラリネットの音色には哀愁《あいしゅう》が籠《こ》もっていた。

ぼくは、マウスピースのリードで二度唇《くちびる》を切ると、「向いてない」ことにして、夏休み前に吹奏楽部をやめた。

夏休みはアルバイトでお金を稼ぐつもりだった。生活に余裕ができたといってもまだ家には借金があるようだったし、兄の影響で山歩きや写真に興味を持ちはじめていたぼくは、柔道以外に、趣味に使うお金がほしかった。

そのころ応援指導部の友人が、野球部の応援のため部員をかき集めていた。

「人手が足りないから頼む」

高校に入ってからできた友人は、そういって手を合わせた。応援指導部は、運動部の一つで、野球の試合などで応援合戦を盛り上げる役だ。試合の裏方とはいえ、人前で華《はな》やかに活躍する。目立ちはするが、泥臭《どろくさ》さがあって応援指導部には人が集まらないようだった。

T高校は、野球部と相撲部が強く、応援合戦にも力が入った。野球では、五回の裏に吹奏楽部の演奏が終わってから応援団が応援をすることになっていた。

ぼくは、「人が少ない」といわれると、それだけで魅力を感じた。ぼくは人のいないところが好きだった。そのうえ、友人が「困っている」というなら、お祭りを手伝うつもりで、一度だけ野球部の応援につきあうことにした。

「後ろのほうに立って、部員のマネをして手足を動かしていればいい」と、友人はいった。

応援指導部員は十五、六人いた。指導部員は、試合のとき、応援に来た生徒に向かって横一列に並び、応援歌や校歌を歌ったり、表情や手足の激しい動きで、応援の指揮をとる。

部長は味方の観客の中央に陣取り、号令をかけたり、言葉をかけて、全生徒の心を奮《ふる》い立たせ、気持ちを一つにする役回りで、ひときわ目立った。応援指導部の手足の振りつけは各校でそれぞれ研究し、その個性を競《きそ》った。副部長は校旗をかかげた。

指導部は全生徒の気持ちをまとめるという意味でオーケストラと似ているし、全生徒の興奮をかき立て、一糸《いっし》乱れぬ応援で、声を振り絞《しぼ》らせるという意味で軍隊にも似ていた。実際、どの学校も応援指導部は軍隊をまねてつくられていたようで、話し方も動き方も軍隊を思わせるものだった。T高普通部は男ばかりだし、音楽といえば太鼓だけで、その点でも軍隊をほうふつとさせた。

クラリネットはちんどん屋みたいでイヤだと思って吹奏楽部をやめたのだが、応援指導部は、ちんどん屋と軍隊を足して二で割ったような雰囲気だった。

「先輩後輩の上下関係がうるさいから気をつけてくれよ」と友人はいった。

「一度だけだから、はい、はいといっていればいいんだろ」

ぼくはそう念を押した。ぼくは上下関係の付き合いが嫌いだった。ぼくの言葉に、友人は自信なげに、「うん、まあ」とあいまいに答えた。

だが、「はい、はい」といっているだけではダメであることがすぐわかった。

日曜日に、詰め襟《えり》の学生服姿で、指定された野球の試合場に出かけた。三人いる三年生の指導で、二年以下の十数人がきびきび動いていた。ぼくは後ろのほうで、応援団長（応援指導部長）の動きをまねて、手足をパタパタさせていたが、何度も団長からの伝令《でんれい》が怒鳴りつけに走って来た。

「やる気はあるのか！」

「声が小さい！」

たびたびぼくに伝令を遣《つか》わす桜井という団長は、今にもぼくのほうに駆け寄ってきそうな形相《ぎょうそう》をしてにらみつけていた。桜井は、ぼくより二十センチほど背が高く、四角い顔の中に、墨で描いたような太い眉、タカのように鋭い目、ゴリラのように大きな鼻を所狭《ところせま》しと寄せ集め、その下に赤く大きく広がる口を、顔の半分にもなるほどに開けた。とても高校三年生には見えなかったし、そもそも人の顔にも見えなかった。正月の凧《たこ》に描かれた「鍾馗《しょうき》」という、人でも喰いそうな神様がいるが、桜井もそんな感じだった。

しかし、桜井の顔や体の動きはいくら見つめていても飽きなかった。応援指導部長に生まれついてきたような男だな、と思った。桜井は、声も大きく、鳴り響く銅鑼《どら》のように応援合戦の中でもはっきりと響いていた。

中学の担任の「もぐら」が、軍隊では鬼軍曹にいじめられたといっていたが、鬼軍曹というのはこんな感じの男だったのだろうか。

応援指導部に入部した

試合が終わった翌日、友人はぼくに入部をすすめた。怒鳴られてばかりいたが、部長はぼくに見所《みどころ》があるといったそうだ。ぼくは高校に入ってから、柔道を習っている警察道場で、空手も習うようになっていて、応援団の手足のふりが空手の型に似ていたせいもあるかもしれない。

ぼくは、吹奏楽部をやめて少し時間の余裕があった。野球の応援指導に、お祭りのような興奮を覚えたこともあり、心が動いて、すすめられるままに入部することにした。軍隊のような雰囲気は嫌いだが、中学のときから警察の道場に通い、軍隊的なキビキビした動きや指示にはすぐ慣れた。

しかし、入部したとたんに、思っていた以上に上下関係がうるさいことがわかった。

一年生は、二年生より早く登校して先輩を迎えに駅に行き、駅の階段の両側に、二年生を前にして二列に並んだ。三年生があらわれるのを待つためだ。

手は後ろ手に組み、まっすぐ前を見る。三年生が目の前に来たら、三年生ほうから「オスッ」と声をかけるから、それに答えて全員で声を合わせて「オスッ」というのが決まりである。後ろに組んだ手は、右手首を左手で握ることまでが決まっていた。三年生とは「オスッ」といいあうわけだが、目をあわせてはいけない。目を合わせるのは失礼なのだそうで、うっかり目を合わせるとあとで殴られた。

階段の一番上に立つ二年生が駅の改札を監視し、乗降客の中に指導部の三年生を見つけると、まず、「オスッ」と合図する。この声で、階段の上から下へと居並ぶ一年、二年は先輩があらわれたことを知って緊張する。もちろんほかの部の部長があらわれても、教師があらわれても地蔵のように見向きもしない。

夏休みが終わって、九月になると、朝の駅は、T校の生徒だけではなく、一般の乗降客や女子高生でごった返すことになるから、かなり恥ずかしい。といっても乗降客に笑う者はいなかった。たとえおかしくても、十数人の詰め襟姿のいかつい男子高校生が、いまにも食いつきそうな顔で両側にずらりと並んでいたら、足早に通り過ぎようと思うはずだ。

ぼくは、それまで別の駅を利用して通学していたから、この朝の応援指導部の儀式は知らなかった。少しずつ慣れて来ると、ばかばかしいと思う反面、軍隊のような規則正しさが気持ちよくもあった。応援指導部は、生徒の先頭に立って指導する立場だから、人前で目立つことに慣れる必要があった。

最後の三年生が通り過ぎると、二年生から階段を降りはじめる。二列目の一年生はじっと動かず、「オスッ」とあいさつしながら、二年生を最後の一人まで見送る。そのあと、最下層《さいかそう》の一年は、階段の上から順にあとに続いて階段を下りていく。

その後、部室に集まり、部の朝礼がはじまる。

このとき、桜井部長、川上副部長が、何やかやと文句をいうのが通例だった。

「目をあわせるな」「列が乱れていた」「坂田の姿勢がなっちゃない」「声が腹から出ていない」などなどで、名前を呼ばれた者は前に出てビンタを喰らう。その後、「放課後は何時何分集合」という申し渡しがあって朝の儀式が終わる。

午後、授業が終わるとまた部室に集まる。このとき予定時間に数秒でも遅れると、全員が校庭を五周させられた。ウサギ跳びで二周というのはつらかった。団長と副団長は、部員にビンタを食らわす理由を探しているのだから、全員が一秒たりとも遅刻せず、命令通りに動いたら、そのときはそのときで、別の理由を考えてビンタを喰らわせた。

「怠《なま》けた」といっては殴《なぐ》られ、「水を飲んだ」といっては蹴飛ばされた。「水を飲んでいません」などと抗弁《こうべん》したら、事実だとしても「口答えした」といって殴られる。二年生に殴られて倒れた一年生に、「そんなひ弱でどうする」といって三年生がケリを入れる。中学生のとき、教師から聞いていた旧日本軍の内務班という組織のいじめはこれだなと思った。こうやって兵隊を緊張させ、戦争へ、死へと追い立てていったのだろう。

こんな毎日が続いて二か月もたったとき、「ウサギ跳びをサボった」という理由で一年生の坂田が殴られた。坂田は要領の悪い男で、何かと先輩に目をつけられていた。

しかし、その日、ぼくは、坂田の背中を見ながらウサギ跳びをしていたから、坂田はサボっていない。その間違いは訂正するべきが筋《すじ》であろうと思った。ぼくは正座したままいった。

「坂田は、ちゃんと校庭をウサギ跳びで一周しました。ぼくは坂田の後ろを跳んでいたので間違いありません」

「なにぃ、一年生が口答えするか」と、桜井は、坂田を叱る以上の勢いでぼくに喰ってかかった。

四角い口が、顔の半分ほどあき、口の中とは、こういうものなのか、と思うほどよく見えた。ライオンがシカに襲いかかろうとする形相《ぎょうそう》は、こういうものなのだろう。ぼくは要領が悪くないという自負もあるが、入ったばかりの新入部員なので、ビンタを喰らう数はまだ少なかった。

「口答えではありません。坂田がウサギ跳びをしていたのを、ぼくは見ていました」

ぼくは、これまでの行きがかりから、ムダな抗弁《こうべん》であることは知っていたが、何ごとにも権柄《けんぺい》づくの部長、副部長に嫌気《いやけ》がさしていたから、ちょっと反抗的なもの言いをした。

「ちょっと甘い顔をしていたら、つけあがりやがって。前《ま》ぇい、来い」

桜井がいった。

ぼくは、一、二年生が車座になって坐っている中央に出た。

「いっしょに来い」

桜井はそういうと、副団長とともに部室の外に出た。

ぼくは仕方がなく、その後ろに従った。桜井はぼくよりかなり背が高いが、副団長の川上はぼくとそう変わらなかった。ただ柔道か何かをしていたらしく、がっしりとした広い肩をしていた。

桜井と川上は、校庭からも校舎からも見えないところにずんずん歩いていった。川上が、一、二度、ぼくを振り向いたのは、ぼくが逃げ出さないための用心だったろうか。

ぼくはこれからどうなるのかだいたいの察しはついていたが、逃げるつもりはなかった。週三日、警察道場で、柔道の荒稽古を受けていたので、自分を守る手段は身につけてはいたが、柔道も空手も道場外で使うことは、かたく禁じられていた。

「何だ、おまえは」

団長の桜井が、木陰で誰からも見えないところまで来ると、ぼくをはじめて振り返った。

「見たことをいっただけです」と、ぼくは答えた。

「一年生のくせに口答えをするか」

副部長の川上が、ぼくの顔に息がかかるくらいに顔を近づけてきた。副部長の息からたばこの臭いがした。ぼくは悪臭にちょっと顔を背けた。するとそれが川上の怒りに火をそそいだようだった。川上の口も桜井に負けず劣らず大きかった。応援指導部は、口の大きさが重要なのだろうか。

「口答えをしたのではありません。事実をいったまでです」

「何でおまえが・・・」というと、横にいた桜井がぼくの襟首《えりくび》をつかもうとした。ぼくは、反射的に警察で習い覚えた逮捕術《たいほ》で桜井の右手を払った。

強く払ったので桜井は一瞬よろけると、態勢を立て直して殴りかかってきた。ぼくはほとんど無意識に、ゆるめの正拳《せいけん》突きで桜井の左の肋骨《ろっこつ》を突いた。みぞおちに決めると危険だが、肋骨なら衝撃が受け止められる。

空手は、「寸止め」といって、突きを相手にあてないのが原則だが、警察道場では、致命傷にならない程度に相手に突きを当てる。警察空手は実用性が高い。互いにその痛みを経験するのがねらいだ。しかし、慣れない桜井はぼくの突きで、胸を押さえて苦しそうにはいつくばった。

すかさず、ぼくの左に立っていた川上がぼくの右頬《ほほ》を殴りかかった。ぼくはその右ひじを押さえると、川上の腕をねじ伏せたまま、川上の勢いを使って、顔から固い地面に投げ落とした。川上はやはり柔道をやっていたようで、受け身で体を回転させた。

部長と副部長は、体の土を払って何もいわずに立ち上がった。川上は受け身に失敗したのか腕を抑えながら、立ち上がるのにしばらく時間がかかった。ぼくはこれで警察道場は破門だな、と思った。

「いうべきことはいったので、それでもやるというなら、ぼくは戦います。ちゃんと説明してくれるなら、説明を聞きます」

ぼくは二人にいった。

しかし、二人は、ぼくをきつい目で見つめたまま何もいわず、身動きもしない。

「それではぼくは部室に戻りますが、いいですか」

ぼくは仕方なくそういった。二人がじっとぼくを見つめたままだったからだ。ぼくは、いつ二人が一度に殴りかかってきても応戦できるようにしながら、その場を離れた。自分の身を守るため、というより、二人がそういう卑劣な態度に出るのを見るのがいやだったからだ。しかし、さすがに、応援指導部の部長と副部長は、後ろから人を襲うような、いぎたないことはしなかった。

部室に残っていた部員は、十分ほどして、ぼくが何ごともなく一人で帰ってきたので、キツネにつままれたような顔をした。あとで友人が語ったところによると、部長と副部長がぼくを立ち上がれないほどボロボロにして、ぼくの体を引きずりながら部室に戻って来ると思っていたそうだ。そして、いつものように、「このことは誰にもいうな」と口止めして解散になるはずだった。部室には救急箱があって、七人ほどいる一年生が、ぼくを手当して、目立たないように、ぼくの家まで連れて帰るつもりだったという。

だから、部員は、ぼくらが戻ってくるはずの部室の裏に神経を集中させて、何もいわずにじっと待っていた。部室はすっかり暗くなり、ただ一人残っていた三年生の大柳《おおやぎ》が天井からぶら下がっている裸電球を灯《とも》した。しかし、かえって重苦しさが部室を満たした。

しばらくして、ぼくが無傷《むきず》で部室に戻ってきたのをみて、誰もが言葉を失った。

それからは、ぼくも他の部員の間に交じって部長と副部長が部室に戻って来るのを待った。誰も何もぼくに聞かなかったので、ぼくは何も説明しなかった。

しかし、桜井も川上も顔を見せなかった。その日は、大柳の指示で解散になった。

ぼくは、経験者ではない人間に警察で習い覚えたわざをつかったのがはずかしかった。

応援指導部が壊れた

事件のあった夜、ぼくは、部室から一人で家に帰ってきて、明日の朝どうなるのか、部長と副部長にはなんていおうかと悩んだ。でも、ぼくから謝る理由は何もみつからなかった。

応援指導部はクビになるかもしれないが、それは気にならなかった。むしろ、このまま、ぼくが部室に行かないのは筋が通らないと思った。理不尽《りふじん》とはいえ、部の処罰は黙って受けるとして、そのことより、ぼくは、柔道と空手のわざを道場以外で使ったことを、警察の師範にいうほうが心苦しかった。

講道館の黒帯であり、警察道場で空手を習っていたぼくには、たとえわずかでも、それを使うにはそれだけの責任がある。刃物を持ち歩いているのと同じなのだから、わざを道場以外で使うのは信頼への裏切りだった。桜井や川上の行為は理不尽《りふじん》だが、ぼくにも非があった。

朝、いつものように一時間前に部室から駅に向かった。いつも通りに、一、二年生が整列し、三年生に「オスッ」「オスッ」のあいさつをした。桜井と川上は渋い顔をして「オスッ」といって通り過ぎていった。そのあと、一、二年生はそろって部室に戻った。

しかし、部室には、大柳《おおやぎ》が一人だけ坐っていた。

「今朝の朝礼はなし。みんな帰れ」と、大柳が集まって来た部員を教室に返した。

放課後に集まれという指示はなかった。しかし、授業が終わると、部員たちは決まり通りに集まった。そこには桜井と川上の姿はなく、大柳が朝と同じように部室に一人でいた。

「みんな帰れ」

大柳の指示で、その日は、そのまま解散になった。ぼくはそのころには最下層の一年生に戻っていて、ことの成り行きを人ごとのように見守っていた。ぼくのほうから話し合いに行くにしても、桜井たち三年生の教室は階も違い、ふだんは顔を合わせることもなかった。顔を合わせようとしないのは彼らなのであって、ぼくは逃げも隠れもしていない。ぼくのほうから三年生の教室を訪ねていく理由もなかった。

その翌日も、いつも通りに、朝の駅の儀式はあったが、部室では昨日と同じく、すぐ解散になった。

その日の昼、ぼくが、米飯の上に白魚がかかった、「しらす飯《めし》」と婆ちゃんが呼ぶ、ただ白いだけの弁当を食べていたら、応援指導部の二年生の二人が教室の入り口にやってきて、ぼくを手招きした。

「放課後、部室に来い」

ぼくは「オスッ」と返事をした。

他の部員は「来るな」と指示されていたようで、放課後、ぼくが部室に行くと、桜井と川上の二人だけがいた。桜井は、裾《すそ》の長い団長服を横にたたんでいた。

団長服の裏地は赤いビロード生地《きじ》になっていて、背中には、見事な龍が金糸《きんし》で刺繍《ししゅう》されていた。はじめて見たときは、そのおどろおどろしさより、いったい、いくらくらいするものなのか、ほとんど毎日のように日の丸弁当か、めざし弁当のぼくにはその値段が気になった。

「オレは団長をやめる」

桜井が唐突《とうとつ》にいった。

「オレも副団長をやめる」

川上がすぐに続いていった。驚天動地《きょうてんどうち》というのはこのことかもしれない。今日は、応援指導部をクビになるものとばかり思っていた。そうではなく、応援指導部を解散するということだろうか。

「理由をきかせてください」

ぼくは聞いたが、返事がない。

「このあとどうするんですか。指導部はどうなるんですか」

ぼくは、なじるようにたたみかけた。T高は、戦後に創立された学校ではあるが、二十年近くたち、応援指導部にもそれなりの伝統があった。応援指導部は、運動部の中でも重きが置かれ、野球部、相撲部を中心に、ほとんどの運動部と関わっていた。ほかの部なら、部長がいなくなっても誰かが代行すればいいことだし、まかり間違って解散しても、全校の行事にさほどの影響を与えなかった。しかし、応援指導部は、公式試合の盛り立て役で、他校と応援合戦をする手前、「うちには応援指導部はありません」というのは学校の恥であり、すべての運動部の片腕をもぐようなものだ。

応援合戦は、もう一つの戦いであり、指導部がなくなったら運動部に対して申し訳が立たない。とくにT高は相撲部が強く、野球部は甲子園出場もかかっていたから、応援団は勝手に休部することも廃部にすることもできなかった。

しかし、団長は濃く狭い眉の間を寄せて、厳しい表情でいった。

「おまえが部長になれ」

それだけいうと、桜井と川上は部室から出て行こうとした。

「それは無責任です」と、二人の背中にぶつけようとしてやめた。二人の後ろ姿があまりに悄然《しょうぜん》としていたからだ。これまでの勢いはどこにもなかった。これだけ打《う》ち寂《さび》れた彼らが、火の玉のような応援指導の場に復活できるようには思えなかった。

ぼくは部室に一人取り残された。ぼくは応援団をやめることもできなくなった。今、やめるのは、ぼく自身が無責任であるような気がした。少なくとも、ほかの部員にことのいきさつを説明する義務があり、次の部長を決めてからやめるべきだろう。

それにしても、応援練習中も本番でも、「T高を絶対に勝たせる」と四角い口を大きく開《あ》け、のどの奥を覗《のぞ》かせながら叫んでいた団長の勢いはどこにいったのだろう。一年生に投げられたということが、彼らにそれほどの衝撃だったのか。

翌日は、朝の儀式そのものが取り消しになった。桜井たちが辞める件は応援指導部の誰もが知ることになり、放課後、一、二年が戸惑い顔をして部室に集まってきた。ぼくは、はじめて、ことのいきさつの説明を求められた。

ぼくの説明が終わると、重苦しい沈黙が流れた。空気が張り詰めて、息苦しかった。

そのとき、「おまえが部長になれ」と、誰かがぼくに向かっていった。叱るようにも励ますようにも聞こえた。

ぼくは、その言葉に促《うなが》されて、「これから、どうするか、みんなで決めましょう」

といった。

　三年生の大柳がその場にいた。

「大柳さんがなるべきです」

　二年生の大半は大柳を押した。一年生も半数以上がそれに異議はないようだった。大柳は、良い悪いは別にして、桜井や川上のように、ごつい顔からはみ出すような野性的な個性も活力も感じられなかった。しかし、応援指導部の裏も表も知り尽くしていたし、他校との人間関係もあり、大柳が卒業まで部長になるのは理にかなったことだった。

　しかし、大柳は強く辞退した。

「オレはいやだ。そもそもオレは来年には卒業する。もう部長交代の時期だ」

　どの学校の応援指導部も同じだが、部長は、絶対に自分の学校を勝たせるという気迫《きはく》のようなものを全身にたぎらせていることがその資質だ。物怖《ものおじ》しない態度だけではなく、下級生をぐいぐい引っ張る指導力も問われた。さらに、少なからぬ部費を学校から引き出してくる強引さと駆け引きの力も求められた。

　ぼくは、二年生の中から新しい部長を決めるべきだと思ったが、問題を起こした張本人だし、これで部を辞めるつもりだったから口出しするのはやめた。

二年生の中には猛者《もさ》が数人いた。とくに親分肌《はだ》の田辺龍太郎は声も態度も大きく、身長も体重も熊のような男で、部員から「龍ちゃん」「龍さん」と呼ばれて親しまれていた。喧嘩っ早《ぱや》く、応援指導部で声を張り上げることと、近くにある朝鮮学校の生徒と喧嘩するために学校に通っているようなところがあった。喧嘩が強く親分肌《はだ》ではあっても、知性がない。むしろ知性など応援には邪魔だぐらいに考えているようだった。

その点、桜井部長は、外国の小説をかばんに隠しもっているような面があり、少し神秘的な感じがした。副部長の川上は単純だが、ときどき「えっ」と思うような優しさを見せることがあった。彼らがいくら理不尽《りふじん》でも、その繊細さに部員はついてきたところがある。やはり彼らも演技をしていたのかもしれない。そして、今回、この二人が応援指導部をあっさりやめたのは、彼らのそういう繊細《せんさい》さが原因であったのだろう。

ぼくが、二年生部員の部長候補を、あれこれ考えていると、大柳の声が頭から落ちてきた。

「このなかで自分がいちばん年上だからいうが、増田、おまえが部長になって部をひっぱれ」

ぼくは、自分の名前が大柳の口から出たことにびっくりした。どこの部でもそうだが、とくに応援指導部では、三年生は神様に近い存在か、神様そのものなのだ。考えてみると、ぼくは、その神様を投げてしまった。おとなしく、神様に殴られているのが筋《すじ》だったのだろうか。

ぼくは、柔道や空手が多少できることと、応援団長になって部員や全校生徒をひっぱることとは違う、と言おうとした。なにしろぼくは応援団に入って三か月しか経っていない新人で、部のことを何も知らないだけではなく、今回の事件を引き起こした張本人だ。

「無記名投票をしよう」

太田という二年生がいった。こんなとき指導力を発揮するのが二年生であるはずだが、これまで二年生は三年生に絶対服従《ぜったいふくじゅう》をしてきたから指導力を発揮することに慣れていない。

太田が急いで、日報《にっぽう》のノートを一枚ちぎり、手で小さく切り分けて簡単な投票用紙をつくった。ぼくは回ってきた紙切れに、「太田」と書いた。太田は、小柄だが頭のよい男で、野球部のマネージャーから移ってきた。部の会計や、他の部との連絡役などをソツなくこなしていた。桜井たちが頼りにしていた二年生の一人で、闘志には欠けるが部を切り盛りするには適任に思えた。桜井たちのように、ムリなことはいわないだろう。

数分で票が集められ、太田が開票して、声を出して読み上げた。すると、得票数がもっとも多かったのはぼくだった。一年生は全員がぼくに投票したのかもしれないが、二年の中にもぼくに投票した者が数人いるようだった。

ぼくは、もちろんそのまま受けるわけにはいかなかった。自信などあるはずもなかった。しかし、そうはいっても投票結果を無視するわけにもいかなかった。

ぼくはしばらくたってからいった。

「一週間、考えさせてください」

そういうのが精一杯だった。断るつもりだが、応援団は硬派《こうは》を気取っていたから、断るにもそれなりに部員を納得させる断固たる言葉が必要だった。

応援指導部はその間、休みになった。

ぼくには部を壊した責任があるように思った。その責任をどうとるべきか考えなければならなかった。長い抗争のあとなら腹も決まるのだろうが、何もかもが、とつぜん降ってわいたことだった。部長を引き受けるも何も、ぼくは応援団たるものがどのようなもので、応援の方法もよくわかっていなかった。

数日後、ぼくに空手を教えてくれていた、人のいい警察官に、この経緯を説明した。相談に乗ってもらおうという気持ちもあった。

しかし、彼はしばらく黙ってから、少し上を向いていった。

「もう教えない。今後のことは自分で考えろ」

それだけいうと、空手着を着たぼくを残して立ち去ってしまった。彼の生徒はぼくだけだった。実質的な破門だった。

部長を引き受ける

ぼくは、学校に通いながら考えた。

ぼくが無記名投票で部長に選ばれたのは、喧嘩が強いというだけではないだろう。

桜井や川上のようなアクの強さはないが、部員はぼくが持っている何かを期待してくれたのではないか。もしかしたら、ぼくに大きな改革を期待しているのかもしれない。

それならやりがいがあることかもしれない。ぼくが応援団を壊してしまったのだから、もっと壊してもいいのかもしれない。ぼくが団長になったら何ができるだろう。新しい応援団をつくることができるだろうか。

ぼくは、学校では相変わらず化学と音楽以外に興味はなかったが、中学の佐々木先生が話していた福沢諭吉の「天は人の上に人をつくらず、人の下に人をつくらず」という言葉をときどき舌の上にころがしていた。今、そういう応援指導部をつくることができるかもしれない、と思った。

ぼくは、新聞配達に出て行こうとして、婆ちゃんにいった。

「応援指導部の部長になれといわれているんだけど、どうかな、まだ経験が浅いし、自信がないんだ」

婆ちゃんは、夜中に起きて、新聞配達に出て行くぼくのために、飯を炊き、朝食用と昼食用の弁当をつくった。ぼくは、教科書より嵩《かさ》のある二つの弁当をかばんに詰め込んだ。

「自信なんてあとでついてくるもんだ。やればいいさ」

祖母は五歳のぼくが東京一ガラの悪い繁華街の駅頭で靴磨きをすることを黙認《もくにん》したただけではなく、その上がりを生活費として巻き上げていた。それでも、父の療養のためにつくった借金の返済を滞《とどこお》らせなかった。ぼくの上前《うわまえ》をはねるのは悲しかったろうし、悩みもしただろうが、祖母は、そうやって祖母なりにぼくの成長を見守ってくれていた。

おかげで、ぼくは人一倍独立心が強くなった。貧しく弱い者であった祖母は、弱い者をいじめることを絶対に許さなかったし、福沢の「人の上に人をつくらず」を身《み》に体《たい》しているようなところがあった。卑屈《ひくつ》な態度を嫌《いや》い、「卑屈になるな、卑しくなるな」と常にいった。

だから、婆ちゃんなら「やれ」というだろうなと思って、ぼくは婆ちゃんにこのことを相談したと思う。

もし母ちゃんに同じことを聞いたら、「おまえはまだ一年生だから、もっと謙虚《けんきょ》になんなさい」といっただろう。しかし、応援団をすっかり変えるには謙虚ではできない。

今までの応援団は、ぼくには、理不尽と思えることがたくさんあった。応援指導部が厳《きび》しく体を鍛えるのは当然であるにしても、桜井などから根拠のない叱責《しっせき》を受けながら、不当な懲罰《ちょうばつ》のためにビンタを喰らったり、校庭を走らせられるのは無意味なことだ。そのようなやり方で、いくら部員をしごいても、それで応援の力がつくとは思えなかった。

人の上にも下にも人をつくらない応援団をつくろう。それができるのは今をおいてほかにない。それで応援団が壊れるようなら壊れればいい。そのことで全校の運動部から批判されるなら、その批判は甘んじて受けよう。それが、ぼくらしい責任の取り方だし、ぼくを部長に選んだ部員の責任の取り方でもあるはずだ。

ぼくは、残りの数日で、どのような応援団にするかという、だいたいの計画をつくった。

約束の日、まず三年生の大柳にいって、部員に集まってもらった。

秋が深まり、一週間ぶりに入った部室は寒々としていた。裸電球が淋しくぶら下がり、薄暗く、ほこりっぽかった。去年は今ごろ、多田が高校受験に忙しくなって実験室を遠ざかり、ぼくは急に寂しくなったのを思い出した。去年より、ぼくは、少しは成長したのだろうか。

ぼくは車座に坐った部員にいった。

「ぼくが部長を引き受けるなら、今までの伝統は捨てる。それでいいのかどうか考えてほしい」

ぼくは少し気負《きお》って宣言するようにいった。はじめが肝心だと思い、敬語も使わなかった。それがいやなら、ぼくをやめさせればいい。

「開かれた応援団をつくりたい。全校生徒が心から応援したいという気持ちにさせたい。試合に行くとき、人集めに困るような応援団ではだめだ。そのために、これまでのやり方を変える。それを認めてもらうのでなければ部長にはならない」

T高の応援指導部が、札付《ふだつ》きの乱暴者ぞろいで、しごきが厳しいことはよく知られていた。だから、ぼくのように、学校のことに興味のない一年生が応援指導部の手助けに入らなければならなかったのだ。

「これからもう一度、無記名投票を行う。オレが部長になることに賛成か反対かだけを書いてもらう。オレが部長になったらオレのいうことに従ってもらうが、反対票が多ければ、オレはこの場で部をやめる」

二年生はぼくが部長になるのは反対だろう。反対派が勝っても、あとで賛成派がしごきというようにいじめに合うことがないようにしなければならなかった。今度は、投票用紙をぼくがつくった。日報ではなく、用意してきたわら半紙を父の肥後守《ひごのかみ》で丁寧に切って全員に渡した。

投票用紙は、学帽の中に集め、二年生の太田に「よろしく」といって開票を依頼した。

一枚一枚、太田が読み上げはじめると、ぼくの名前が続いた。結局、十三人が「賛成」で、「反対」は二人だった。

ぼくが部長になることが決まった。やはり改革が求められていることをぼくは確信した。

「それならば、ぼくが部長になるが、応援団を徹底的に改革する」とぼくはもう一度宣言した。この日は練習なしに解散した。

この投票で、ぼくは覚悟を固めた。ぼく自身が、半信半疑《はんしんはんぎ》ながら、頭の中で練ってきた新しい応援団のばくぜんとした姿が、ぼくの心の中で立ちあがった。もうこれに従うしかなかった。何も指針はなかった。誰も相談相手もいなかった。もし同じ指導部の一年生に相談したら、ぼくの考えることに誰もがためらうだろう。

応援団はその日からガラリと変わった。朝の駅での儀式は全部やめた。

もちろん応援そのものの方法は変わらないが、先輩後輩の垣根《かきね》を取り払い、部員は対等に話し合えるようにした。

「声を大きく出せ」という指示も、互いにいうようにし、鍛錬《たんれん》なのか、いじめなのか区別できないような練習はやめた。

「これでほんとうの応援ができるな」

そういった部員がいた。今までは部長に命令されるままに一糸《いっし》乱れぬ動きをし、少し動きが遅れたり、間違えたりすると容赦《ようしゃ》なくビンタが飛んだ。上下関係は厳しく、駅だけではなく、試合会場でも、順番、整列方法、挨拶方法がこと細かく決められていた。しかし、他校の応援団との関係で支障がないかぎり、それらもほとんど撤廃《てっぱい》した。

ぼくだけではなく、他の部員も、それまでの執行部に思うところがあったのだ。

その証拠に、応援団を辞める者は一人もいなかった。田辺龍太郎でさえ、腹のうちはわからないが、何もいわずにぼくのやり方にしたがった。

改革を進めた

　ただし、部長になって困ったことがいくつかあった。何しろ応援団の中で、ぼくはいちばん日が浅かった。

　大柳《おおやぎ》が模範を示し、すぐ前でぼくがそのマネをした。ぼくのうしろに二年生が続き、さらにその後ろに一年生が従った。応援団のダンスは空手の型に似ていて、キレが求められたが、空手の型稽古のような複雑さはなかった。しかし、表情や、生徒への言葉かけなど、応援団としても部長としても覚えることは山のようにあった。

　しかし、それ以上に困ったのは、団長の服一式の調達《ちょうたつ》だった。裾《すそ》がスカートのように長い学らんと朴歯《ほうば》の下駄を自分でそろえなければならなかった。

　桜井は、背中に龍《りゅう》が刺繍《ししゅう》されている学らんを着ていた。裏地は深紅《しんく》で、派手《はで》に体を動かすと、長い裾からちらりちらりと赤い裏地が見えた。この赤は、ちらりと見えるところが粋《いき》とされた。江戸時代の金持ちは、羽織などの裏地に金をかけることで虚栄心を満たしたというが、昭和時代の応援団にもその名残《なご》りがあった。ただし、桜井の背中の刺繍は人目を驚かすヤクザの入れ墨のようで、粋とはいいがたかった。

さらに団長の学らんは襟《えり》がむやみに高い。首が短ければ息が詰まるところだ。とうぜん、白いカラーも特別あつらえになるから金がかかる。

これらの条件の学らんをつくるには、背中の刺繍は論外としても、三万円はするという。三万円といえば、このときの大卒の初任給の倍だった。

もちろん、桜井におさがりをくれ、とはいえないし、そもそも団長服は引き継がれるものではなく、個人が生涯大事に持っているものらしい。

ぼくは学校の洋服屋に頼んで、急いで、いま着ている制服を仕立て直してもらった。襟を高くして、裾《すそ》には長い布をあてた。おかげで、別に古着の学生服を探すことになり、ぼくはその間、団長服で電車に乗り、登下校することになった。これは改札での送り迎え以上に人目を引いた。

こんな即席の団長服でも一万円はした。手痛い出費だが、どの学校の応援団長も同じだから、T高校の応援団だけ、貧乏くさい学生服で通すわけに行かなかった。応援団は他校と心身ともに張り合うのだが、裏地も龍の刺繍もないぼくの団長服は見劣りがした。

裾《すそ》の長い学らんは「長服《ちょうふく》」といい、不良高校生のシンボルにもなっていた。もともと長服は応援団長が、学校を代表して派手に立ち居振る舞う演技服だった。歌舞伎でいえば大舞台の主役であり、長服が不良ファッションになったのは、それだけ目立つからだろう。試合会場の応援団長は人目を引く存在でなければならなかった。十センチの朴歯《ほおば》の下駄は大枚《たいまい》三千円をはたいて買った。これは山登りにも使い、足腰を鍛えるのに役立った。

ふつうは団長の下に、副団長を二人置き、団長の後ろに付き従わせるのだそうだが、張り子の虎のようで、階級制度を助長するものに思えたので廃止にした。

「応援団は、T高校創設以来の伝統」と、部員はよく口にして自分たちを誇った。応援指導部は、ファッションだけではなく、心情的にも硬派《こうは》を気取った。鉄則として、「女の子に声をかけてはならない」という決まりがあった。

この決まりは昭和三十年代の、そばかすだらけの奥手《おくて》の高校生にとっては都合がよかった。こんな決まりなんかなくても、女の子に声などかけられなかった。まして男気《おとこぎ》を売り物にする泥臭《どろくさ》い応援団など女の子にもてるはずがなかった。そもそも恋などというものは小説や映画の中の話でしかなかった。

応援指導部には、ほかにも面倒な決まりごとがいろいろあって、たとえば、「へらへらするな」はいいとしても、「人と笑いながら話をするな」というのは難しかった。友人と歩いても冗談をいわないのだから、友人も応援指導部員にかぎられてくる。

また、「駅近くを歩くときは前だけをまっすぐ見て歩け」というものもあった。以前は、これらのルールが、一年生を罰する理由にされた。うっかり駅近くの繁華《はんか》街を友人と笑いながら話していると、翌朝、部室でビンタにあった。どこで誰が見ているかわからず、級友と歩きながら、「今、オレ、笑ったかな」などと真顔《まがお》で尋ねることもあった。

どの学校でも同じだろうが、応援団には応援団としての硬派の「美学《びがく》」があった。

ぼくはここらへんの美学には手をつけないことにした。試合会場で鬼瓦《おにがわら》のような形相《ぎょうそう》で応援指導をする応援団員が、町なかをふざけながら歩いていたら迫力に欠けるような気がした。それに、精神面まで手を入れると、応援団のあり方がどんどん崩れていって、歯止めがきかなくなるという不安もあった。そもそも時代の空気そのものが堅苦《かたぐる》しかったのだ。「男は男らしく、女は女らしく」は、町にいる男女のふつうの倫理観でもあった。

応援団が好きになってきた

ぼくは、硬派の精神的ルールはそのままにしたが、部室で、ルール違反をとがめて上級生が下級生を殴るのは許さなかった。田辺龍太郎には、その点が我慢ならなかったようだ。

「こいつは、へらへらして女と歩いていた」

そういって一年生の石尾の襟《えり》をつかんだ。ぼくは田辺にいった。

「殴るなら辞めてもらう」

下級生のぼくに命令されるのだから、龍太郎はほぞを噛《か》む思いだったろう。龍太郎は、意地悪く石尾の襟を手荒《てあら》に放すと、腹立ち紛《まぎ》れに突き飛ばした。

石尾は青い顔をしていった。

「申し訳ありません。あれはぼくの従妹《いとこ》です。商業科に通っています」

T高の隣には、T校の商業科があり、男女共学だった。ほんとうに従妹かどうかはどうでもよかった。

「そうか、でも気をつけてくれ」

ぼくは、芝居がかった言い方をした。ぼくは応援指導部では、歌舞伎の大石内蔵助のつもりになった。一年生なのに三年生のような顔をしていたし、練習中は、友人に対しても部長として窮屈《きゅうくつ》に向き合った。そうでもしないと応援団の秩序が保てなかった。そのことは一年生も二年生も心得ていたようで、龍太郎以外は不満そうな顔をあまりみせなかった。もっとも龍太郎はいつも怒ったような顔をしていた。

ぼくが応援団で最初に申し合わせたことは、次のことだ。

「学校は勉強にくるところだ。人間性を磨《みが》くところかもしれない。応援団は、応援団として行動するが、学校外で誰とどんな話をしても応援団とは関係がない」

ぼくは勉強しなかったし、人間性を磨いているつもりもなかったが、大舞台ではこのくらいの見栄《みえ》は切る必要があった。

「ただ、応援団としての節度《せつど》は大切にしよう」と付けくわえた。少し背伸びをして、威厳《いげん》を取り繕《つくろ》うようにした。桜井や川上の気苦労《きぐろう》がようやくわかってきた。彼らもつらかっただろう。あんがい、いまごろ、団長や副団長を辞めて、遅まきながら高校生活を楽しんでいるのかもしれない。

三年の大柳は、応援の作法だけではなく、ときどき応援団としてとるべき礼儀や態度も教えた。それらは古いノートで伝承されていた。団長はそれを暗記し、ことあるごとに一年二年に復唱させた。それが、ときにはビンタの理由にもなっていた。

大柳は、桜井からあずかったノートを団員の前で読み上げた。ノートの中に、昔の主従関係のようなものがでてくると、「それは省略しましょう」とぼくが口をはさんだ。大柳は、ただ「そうか」といってノートに鉛筆で線を引いて字を消した。

たとえば、車座になった応援団員の真ん中に立った大柳がノートを読みはじめる。

「応援が終わった後、応援団員は、手を後ろで組んで、団長にオスッと挨拶する」

「それ、いらないでしょう」といって、ぼくが打ち消す。

大柳は、「そうか」といって、その文に取り消し線を引いた。ちなみに、大柳に対しては最上級生であり師匠としての敬意を払い、敬語を使った。その場合も、簡潔な文章言葉にすることで、なるべく敬語を省くようにした。

「上級生が坐るまで、下級生は坐ってはいけない」と大柳がノートを読む。

「不要」と、ぼくがいう。

「これは伝統だ。やめていいのか」と大柳は少し不服そうにいった。

「不要。なくても応援に支障はありません」と、ぼくは答えた。

大柳も二年生も、「一年生が団長になったんだから、しょうがねえな」といった調子であきらめた。

「天は人の上に人をつくらず」という言葉に従おうと思ったけれど、改革のためには、団長の権限は最大限に利用させてもらった。

しかし、二年生が卑屈《ひくつ》になっていくような気がした。龍太郎はふてくされているようにも見えた。学外でストレスを発散しているようだった。

応援が終わって、団長や副団長が椅子に坐ると、下級生がお茶をもってくる決まりがあった。「お茶」とはいうが、高校生らしく三角形の紙パックに入ったコーヒー牛乳で、二年生がお金を出し合って買うことになっていた。

「こんなこともやめよう」と、ぼくはいった。「水が飲みたければ、自分で勝手に水を飲みに行けばいいことだ」

どこまで伝統を廃止するかは難しい問題だが、今さらあとに引けない。こうなったら、ぼくの好みを通すしかないと、ほぞを固めた。話し合いなどをしたら、一年生のぼくの意見は何ひとつ通らなかったろう。ぼくは、部室に入ったら、応援団長になる、と心に決めた。

ぼくは、「人の上にも下にも人をつくらない応援団」をつくるつもりだが、この矛盾はある程度仕方ないと思った。そのかわり、応援団が安定したらぼくは辞めようと思った。そうしなければ、ぼくは桜井と変わらなくなってしまう。

今のところ誰も表立っては、ぼくを批判しなかったし、少なくともぼくには批判の声は聞こえてこなかった。そして誰もやめるという者もいなかった。反対に「面白そうだ」といって入部してくる一年生がいた。ぼくのクラスメートも入ってきた。それでも、ぼくはあえて「裸の王様」になり、誰の意見も聞かない姿勢を通すことにした。

練習の方法も変わった。これまでのように、間違えて小突《こづ》かれるようなことがなくなると、逆に間違いが減ってきた。部員一人ひとりが、応援の仕方などで、いろいろなアイデアを出すようにもなった。動きも伸び伸びするようになったような気がした。

変化は応援指導部の中だけではなかった。野球部の二年生のキャプテンが練習中にわざわざやってきて、ぼくにいった。

「応援指導が明るくなった。よくやったな」

「オスッ」と、ぼくは笑いもせずに返事をした。

部員は一年を中心に少しずつ増えた。三か月もすると二倍の三十人になった。応援指導部の数が増えると、応援席に坐るT高生全体の声も大きくなり、気持ちも一つにまとめやすい。応援指導部は、試合の応援に来た生徒を羊の群れのように一つの方向に誘《いざな》う役割がある。応援指導部は、牧羊《ぼくよう》犬の役割で、牧羊犬が多ければ、羊の群れは右にも左にも、進むも引くもしなやかになる。

野球の試合では、もちろん野球部員の活躍が中心だが、ぼくら指導部が観客席前のステージに立つと、数百人の視線がぼくらに目を向ける。そしてぼくらの指示にしたがって、数百人が気持ちを一つにして声を張り上げ、応援歌を歌い、体を動かす。このときの恍惚感《こうこつかん》は、応援団だけではなく、全員が一体化することで深みに達する。ぼくが吹奏楽部に入ったとき、音楽のアンサンブルに期待していたものだ。心の奥底で、奏者も観客も気持ちが一つになり、調和し、感動を共有する。

観客は野球の試合を見に来るわけだが、応援合戦で試合に参加してもいる。応援次第で、会場の盛り上がり方が異なる。選手の気持ちも張り詰めたものになる。

ぼくもようやくその面白さがわかってきた。応援団は、興奮する観客と選手の心を一つにして勝利へと導く役割だ。目立ち過ぎてはいけないが、目立たなくてもいけない。

その日の出来不出来もあった。たとえ試合に負けても、応援で感動できれば応援は成功だ。逆の日もあった。試合に勝っても応援がバラバラなら応援は失敗なのだ。

ぼくは次第に応援団長の仕事に誇りを抱くようになった。そうなると、今まで冷ややかに感じていたT高まで好きになってきた。どうしてもT高を勝たせたいという信念のようなものが胸の中からふつふつと湧きあがってくる。まるで自分がバッターボックスに立った選手のような気持ちになる。これが軍隊のような鉄の規律で養ってきた応援魂《だましい》だ。

詰め襟の学生服を着て、はちまきを巻いて、直立不動の姿勢をとり、選手のように大汗をかきながら、鍾馗《しょうき》のような形相《ぎょうそう》で一糸乱れぬ応援合戦をするとき、ぼくたちは時間を忘れ、時代を忘れ、ただ勝利だけを祈るようになった。

朝鮮学校との戦い

ぼくには、もう一つしなければならないことがあった。

高校に入ったとき、「S川の方には行ってはいけない」と教師からいわれていた。その方向には朝鮮学校があり、駅から朝鮮学校へ向かう商店街にかけて、T高生と朝鮮学校の生徒が顔を合わせる「危険地帯」があった。

なぜ危険地帯かというと、朝鮮学校の生徒と、ぼくらT高校普通科の男子生徒は、顔を合わせればいがみあい、どちらともなく喧嘩をふっかける「伝統」があったからだ。喧嘩のタネは些細《ささい》なことだった。「からだが触れた」「眼《がん》をつけた」「気に入らねえ」でも何でもよかったし、喧嘩のネタなどなくてもよかった。

ぼくらの学校は隣に付属の商業学校があってそこには女子生徒もいたけれど、基本的に男子校のうえに、普通科には勉強嫌いの気の荒いヤンチャ坊主が集まっていた。

朝鮮学校にはチマチョゴリを着た女子生徒がいたが、男子生徒は詰め襟の学生服を着て、ぼくら同様に荒っぽいのがいて、朝鮮民族を代表して、いつでも相手になろうじゃないかと待ち構えていた。喧嘩沙汰《けんかざた》は毎日毎週のように起こった。

長く続いた戦争が終わって二十年近くたってはいたが、多くの家に、戦死したり空襲で死んだ家族の遺影が飾られていた。戦争から帰ってきた男達は四十代の働き盛りで、「働く戦士」として日本の経済発展を支えていた。街のあちこちに松葉杖をついた傷痍《しょうい》軍人が目につき、戦争中に爆弾から身を守るために掘られた防空壕《ごう》の多くが埋められずに残っていた。

一九六〇年代も半ばになり、学生を中心に政府に反旗をかかげた六〇年安保闘争はさまざまな爪痕《つめあと》を残し、次の時代に吹き荒れる学生紛争のきっかけを待っていた。

T高校でも、ときどき校庭の土中から手榴弾《しゅりゅうだん》がみつかることがあった。運動具の道具置き場にされていたレンガ倉庫は、かつての陸軍倉庫だったからだ。爆弾が見つかったときは、教師も生徒も緊張した。ベトナム内戦に米国が介入し、米国とソビエトの泥沼《どろぬま》の代理戦争もはじまっていた。

だからというわけではないが、そこに集まった荒くれ生徒の心は火がつきやすく、火がつくと炸裂《さくれつ》した。それは、T高だけではなかった。

朝鮮学校は、空襲《くうしゅう》の焼け跡に、日本の敗戦を象徴するかのようにあらわれた学校だった。日本の敗戦とともに朝鮮は日本の植民地支配から独立した。それまで日本支配下で、誇り、言葉、文化を奪われていた朝鮮民族は重い軛《くびき》から解放された。

しかし、数十年間、日本で「日本人」として暮らしていた朝鮮人の多くは、いまさら帰るところもなく、日本に残った。なかには戦争中、不足した炭鉱夫のかわりに強制的に連れてこられた者もいるという。

日本にいながら日本国籍を失った朝鮮人は、朝鮮民族の言葉と文化を引き継ぐ学校を各地につくった。しかし、それは多くの日本人にとって、感覚的に大地のとげのように感じられた。

「わざわざ民族文化の学校をつくるくらいなら自分の国に帰れ」とののしる者も少なくなかった。朝鮮学校は、国土と文化を奪われていた朝鮮人の誇りを取り戻す牙城《がじょう》でもあった。それは日本の敗戦によって火をつけられた民族の祭典でもあった。

だから朝鮮学校の生徒の鼻息も荒かった。朝鮮学校とT高のいがみあいは、いわば民族の誇りをかけた戦いであり、どちらも民族を代表して譲《ゆず》ることはできなかった。

殴り合いだけではなく、ときには木刀やナイフをもち出して流血事件に発展することもあった。このため「戦場」となる地元商店街は、迷惑このうえなく、しばしば警察、T高、朝鮮学校にかけあってきた。

そして、T高でもっとも突出した喧嘩の卸元《おろしもと》が応援指導部であり、なかでも「龍ちゃん」こと田辺龍太郎らのグループだった。指導部長の桜井らは、龍ちゃんを止めるどころか、けしかけてさえいた。龍太郎を停学にしようとする学校側に対して、「それなら応援指導部は次の野球の試合の応援には出ない」といって脅《おど》した。

「井島屋の裏で一年生がボコボコにされている」

「T高の二年生が数人の朝鮮学校の生徒に連れて行かれた」

こういった情報は、いちはやく太鼓を打ち鳴らして練習している応援指導部にもたらされた。応援指導部は、ボールさえ見えにくくなった暗がりで猛練習する野球部より先に帰るわけにはいかなかった。大きな声を出して応援練習することで野球部の信頼を得られると確信していた。応援は試合場だけのものではなく、練習中も、信頼の絆《きずな》を養うことがもっとも大切なのだ。

「戦闘」の報告があると、龍ちゃんは、数人の部員とともに練習を抜けて駆け出した。桜井部長は、何もいわずに龍ちゃんを見送った。ときには伝令を剣道部や柔道部、バスケットボール部にも走らせた。

応援指導部はどの部の部長とも親しく、気の荒い部長は練習をほうりだして自らも現場に急行する。しかし、応援指導部が関係するかぎり、一定のルールがあった。というのは、武器はご法度《はっと》で、警察や学校の教員が来るまでの間の殴り合いにとどめた。剣道部も素手が条件だ。

卑怯《ひきょう》憎むべし、という掟《おきて》があった。これは朝鮮学校の応援団も同じようで、互いに応援団が姿をあらわすと、喧嘩は純粋な殴り合いになった。

「竹刀はおいておけ、と桜井部長からの伝言です」と剣道部に差し向けられた応援団の伝令はいった。

「相手が刃物をもっていたらどうする」と剣道部長が怖い顔をしても、伝令は言い返す。

「オレも行くが、そのときは死ぬまでだ」

声の大きさは誰にも負けない。

「よっしゃ。それなら死んでやろうじゃないか」と剣道部長も負けていられない。

剣道部員が数人、部長のあとに続く。ここらへんの芝居がかったやり取りは、戦意高揚《せんいこうよう》にはぜひ必要なのだろう。

「流血はゆるさん」と桜井部長はよくいった。だから、学校としても応援指導部を取り締まりにくい。それどころか「陰の警察」として頼りにしているところもあった。しかし、「陰の警察」のほうから喧嘩をしかけることも少なくなかった。学校としては、応援指導部の機嫌を損じない程度に苦言《くげん》を呈した。

風呂屋で喧嘩がおこることもあった。武器を使わないということは、逆にいえば、どこでも容赦《ようしゃ》なく喧嘩ははじまる。

そうなると、風呂屋は、学校ではなく、T高の応援指導部に走り込んできた。とくに風呂屋の娘は、職員室を通り越して、直接、校庭を横切って応援指導部に自転車を走らせた。応援指導部の練習場はいつも同じだ。雨でも校庭で行う。ふだん若い娘などと縁遠い薄汚れた男たちをかき分けて、白いブラウス姿の娘が、顔を上気させてあらわれると、部員の心は高鳴《たかな》った。しかし、部員は、いつも以上に眉をつりあげて怖い顔をした。

「またやってる」

風呂屋の娘は、息を切らして黄色い声をあげた。

「たまの湯か」

龍ちゃんはそういうと、娘の返事も待たずに、「借りるぞ」といって、娘の自転車を奪って飛び出した。数人がそのあとを追いかけるが、風呂屋の喧嘩は長く続かないことが多い。

すぐにどこかの裸オヤジが仲裁に入るからだ。下町のオヤジの中にも血の気の多いのがいて、「うるせえ」といきなり湯に放り込まれたT高生もいる。

龍ちゃんが急ぐのは、喧嘩の仲裁か、喧嘩の加勢かわからないが、龍ちゃんが姿をあらわしただけで喧嘩がとまることがあった。湯屋の親父《オヤジ》は、龍ちゃんのなけなしの理性に期待した。親父に「頼むぞ」といわれると、龍ちゃんも手荒な振る舞いはできなかった。

「われわれも、たまの湯に行きますか」と残された部員が桜井部長の顔をうかがうと、桜井は何ごともなかったように、「練習を続ける」といった。

応援指導部は、学校の風紀にもにらみをきかせていて、気に入らないと、朝鮮学校だけではなく、T高内部に対しても力づくで、ものをいわせた。

T高の不良が、学校内外で、下級生や他高生を恫喝《どうかつ》して金をゆすろうとするのも応援指導部はみすごさなかった。学校にたれ込まないかわりに、その場で手ひどく制裁《せいさい》した。

それでいて、桜井や龍ちゃんは、部室で煙草を吸ったり、酒を飲むから、正義や校則が問題なのではなく、心意気と腕力を誇示《こじ》するのが目的だった。教員の中には、応援指導部に、「喧嘩指導部」というあだ名をつける者もいた。

だから、ぼくがしていることは、応援指導部を弱くすることだった。とくに朝鮮学校との流血騒ぎをとめる必要があった。桜井や川上がいなくなったので、龍太郎の鼻づらを押さえる者がいなくなった。逆にいえば、龍太郎さえ抑えておけば応援指導部内は何とかなった。

龍太郎は、単純で喧嘩好きだが、感激屋で義侠心《ぎきょうしん》が厚かった。ぼくは、龍太郎は何とかなると思ったが、龍太郎が、いつまでもおとなしく、ぼくのいうことを聞いているかはわからなかった。ふだんはぼくを小馬鹿にしながら、表面上はぼくにしたがっていた。頭の上に小うるさい桜井部長がいなくなって、ほっとしているようでもあった。

龍太郎がぼくに形のうえで、したがっているのは、ぼくが自分で学費や生活費を稼いでいるからかもしれなかった。龍太郎も、家が小さな酒屋で、家の仕事を夜遅くまで手伝っていたから、貧しい者同士の反目と共感があった。

ぼくは、応援団長になっても新聞と牛乳の配達を続けていた。学校で早弁をして、昼の弁当がない日は、購買部でコッペパンを買って、マーガリンを塗ってかじった。応援団の練習が終わると、暗くなってから家に帰り、納豆でどんぶり飯を食べた。

兄は就職して結婚し、家賃を払って二階で生活していた。だから、ぼくには少しくらいの余裕はあったのだが、学費を払い、生活費を家に入れるというぼくの生き方は、それはそれでぼくの信念に関わるものでもあった。家の中では、そういうぼくの考えを、祖母も母も尊重してくれた。兄は、もっと勉強しろ、というが、ぼくは応援団と山登りで手一杯だった。そのころ、カメラを買って写真もはじめた。

朝鮮高校に行く

家の近くにあるトタンで囲まれた朝鮮人部落の様相は終戦直後と変わらなかっ

た。多くの朝鮮人は、朝鮮人とだけつきあっているようだった。朝鮮学校に通っているのは、もう少し裕福な朝鮮人のようだった。

朝鮮高校は、野球部などのクラブはあっても、ほとんど公式戦には出場できなかったので、T高の応援指導部が試合会場で合うことはなかった。だから、朝鮮高校の応援指導部とT高の応援指導部が街でぶつかり合う「場外乱闘《じょうがい》」が、いわば公式戦になった。

日本の応援指導部の伝統は朝鮮学校にも引き継がれているようで、両校とも、応援指導部は硬派であり、学校を代表しているという気負《きお》いがある。小競《こぜ》り合いでどちらかの生徒がやられたという噂が立っているときは、それが事実かどうかは別にして、互いに黙って聞き流すことはできなかった。T高の応援指導部は、朝鮮高校は敵《かたき》だと思っていたし、朝鮮高校と仲が悪いのは「決まり事」だったから、団員は相手の行く手をふさいだ。民族と学校を代表しているのだから負けられない。

T高では、朝鮮人を「チョン、チョン」といってバカにしていた。チョンは朝鮮人蔑視《べっし》名の一つで、朝鮮学校は、われわれをどう呼んでいたか知らないが、朝鮮人は、日本の朝鮮併合《へいごう》時からわれわれの世代に受け継がれてきた。しかし、その差別意識は、ぼくの祖母も母も、ぼくには継承させなかったから、ぼくは朝鮮人差別をまったく知らずに育った。

T高の教員に、なぜ朝鮮学校と仲が悪いのかと聞いたことがある。

「朝鮮人だからだ」と教員は答えた。

「だから、それはなぜですか」

「・・・・」

ほかの生徒に聞いても、「朝鮮人だからだ」というだけだった。サルと犬の仲が悪いのも、相手がサルだからであり、犬だからとしか説明できないのと同じだ。「日本人ではないから」という理由なら、外国人はほかにもたくさんいた。

あえて説明をつければ互いに誇りをもっていたから、としかいいようがない。互いの誇りをなぜ尊重できないのか。

ぼくは、一度、応援団長として朝鮮学校の応援団長と話をつけたいと思った。ぼくは朝鮮学校の応援団長に対して、陰ながら敬意を抱いていた。というのは、ただのヤンチャ坊主同士の喧嘩の場合、ひどいケガ人が出たり、商店が破壊されたりするが、応援指導部が間に入ると、喧嘩に「節度《せつど》」が生まれた。だから、まちの商店主たちも、応援指導部を頼りにした。

しかし、桜井も、「伝統」にしたがって、朝鮮人生徒を喧嘩相手としか考えていなかった。朝鮮学校の応援団長も、T高生に対して同じはずだった。

とりあえず一人で行こう、と思った。

ぼくが団長であることは、朝鮮学校の応援団には知られているかもしれなかった。何しろ、一年生の応援団長はT高はじまって以来だし、応援団長は何かと目立つ存在だった。たとえ、ぼくのことを知らなくても、派手な団長服を着ていれば、何者かはおのずと明らかなはずだった。

寒さは厳しくなったが、日が少し長くなってきた。

ぼくは燕尾服《えんびふく》のような応援団長の長服の裾をひらつかせ、ふつうの二倍の高さはある朴歯《ほおば》の下駄をはいて、川向こうの朝鮮学校に一人ででかけた。団長服は、はじめは気恥ずかしかったが、着慣れると、人の視線が集まるのがかえって心地よかった。芝居の役者になって舞台に立つような緊張感があった。龍ちゃんがぼくに遠慮したのは、単に団長服のためだったかもしれない。

応援団長とさしで話す

薄闇の中の閑散《かんさん》とした朝鮮学校の校門をくぐると、数人の男女の生徒がぼくに気づいた。この時間に校門を入る者は少なかったからだが、朝鮮学校では、とくに校門から誰が入ってくるのか注意が向けられていたのかもしれない。

校庭には、T高と同じように、日本語で声をかけあいながら野球をしている男子生徒や、チマチョゴリを着て、日本語や朝鮮語でのんきにおしゃべりをしている女子生徒がいた。

聞こえてくるのが、ぼくらと同じ日本語であることに、ぼくは当たり前なことなのに、どこか拍子抜けした。書いてある文字がハングルであるだけにかえって、「なあんだあ」という気持だった。

ぼくに気づいた生徒が数人、ぼくのほうを指差しながらどこかに走って行った。派手な長服に、高《たか》下駄をはいていれば、朝鮮学校でなくても目立つ。殴り込みに来たと思ったのかもしれない。

ぼくは練習をしている野球部の生徒に、応援指導部の部室を聞こうと思い、校庭を横切りはじめると、詰め襟の生徒に囲まれた。

「何しに来た?」

背の高い、声のよく通る男子生徒がいった。

もしここで乱闘になったら、ぼくの意図とはすっかり反対のことになるはずだった。乱闘にならなくても、ぼくが殴られたら結果は同じだ。ぼくは敵地に和平交渉を申し込む兵士のように慎重に行動しなければならなかった。不安になる心をふるい立たせた。といっても、いきなり殴られるような雰囲気ではなかった。

「何しに来た?」

再び聞かれた。男は、応援団特有の肩肘《かたひじ》を張った態度だが、ぼくは同類に会ったようで、かえって安心した。ぼくは、男の目をまっすぐ見ていった。

「オレはT高の応援指導部長です」

やはり、「ぼく」というわけにはいかなかった。「わたし」というのも迫力がない。応援団長は「オレ」でいくしかない。

「T高と朝鮮学校で喧嘩がしょっちゅうあって、まちの人が迷惑しています。朝鮮学校の応援団長とそのことで話をしたい」

「今さら話すことはない」

その生徒はいった。

「君は応援団長か」

ぼくは、からだの中から、ありったけの威厳《いげん》をかき集めていった。

「T高の応援団長が朝鮮学校の応援団長とさしで話がしたいといっている」

われながら芝居がかっているな、と思ったが、周囲に聞こえるように声を張り上げた。腹から声を出す練習は最近ようやく慣れてきた。ぼくの口も桜井のように、四角く顔の半分にもなっているのかもしれない。

放課後だから、応援団は練習をしているはずだった。

「何か用か」

そういって闇のなかから背の高い男があらわれた。ふつうの詰め襟の学生服だが、丸刈りにした四角い頭の下に濃い眉があり、目は深くくぼんでいた。白目の大きな鋭い目がぼくを見つめていた。暗い雰囲気だが、押し出しのよい男で、周囲の生徒が道を開けた。ぼくは、ゴリラを見るように男を見上げた。

「オレが応援団長のチョン・ヒャンギだ」

朝鮮人を「チョン」と呼ぶのはこのせいか、とそのとき思った。

「T高の応援団長の増田康夫です」

ぼくはちょっと頭を下げた。

「T高と朝鮮学校の喧嘩のことで、朝鮮学校の応援団長とさしで話がしたいと思って来ました」

チョンは、ぼくの顔をのぞき込むようにすると、少し四角いアゴを上げて、「ついて来い」というように歩き出した。

T高と同じように、日の当たらないところに、部室が並ぶバラックが建っていた。応援団の部室らしいところに連れて行かれた。部室は、T校の部室より狭く、便所の悪臭もした。やはり裸電球がぶら下がっていて、男所帯《じょたい》らしく雑然としていた。

「一人なのか」

チョンは部室に入るなり振り返っていった。

「一人です」

「上着を脱げ」と、チョンは言って手を伸ばした。上着を渡せという意味らしかった。

ぼくは、長服を脱いで渡した。チョンはぼくが訪ねてきたほんとうの理由を知りたかったようだ。T高の生徒が朝鮮学校の門をくぐるのははじめてなのだろうか。今までのT高と朝鮮学校の関係を考えると、一人で来るのもおかしなことだし、ひょっとしたら、陸軍が掘り出し忘れた手榴弾くらい身につけていると思ったのかもしれない。

チョンはぼくの長服のポケットに手を入れた。一万円もした割には安っぽく大げさな長服からは生徒手帳しか出てこなかった。チョンは生徒手帳を開けてぼくが一年であることを確認したようだった。ぼくが一年であることに驚いた様子はなかった。やはりT高応援団のことは知っていたのかもしれない。

「先日、商店街で、朝鮮学校の生徒とT高の生徒でいざこざがありました。どちらも仕返しするつもりのようですが、これを止めに来ました。商店街の人も迷惑しています」

「一人でよくきたな」とチョンはいって、生徒手帳を元に戻して、長服をぼくに返した。言葉は静かだが、「どうなってもいいのか」といいながら、背もたれのない、たった一つしかない椅子に坐った。団長専用の椅子らしい。

「団員を引き連れてきたら、争いになると思いました」

「それは賢明だったな。おまえの気持ちはわかった。じゃあ、聞こう」

ぼくの後ろから応援部員らしい男子生徒がぞろぞろと部室に入ろうするのをチョンは手で制した。

「対《たい》マンで話すから、おまえたちは外で待ってろ」

チョンと二人だけになった。ぼくは立ったままだった。裸電球の下で、椅子に坐ったチョンは、ぼくを睨《にら》むようにしていたが、どことなく愛想のいい男に思えた。ぼくは、緊張は解《と》かなかったが、少し安心して、正直に自分の立場を話した。

「ぼくは一年生で、両校のいきさつはわかりませんが、朝鮮高校とT高の喧嘩はやめなければいけません。喧嘩をする理由もありません。やめるにあたって、ぼくにできることは何でもやります」

まばらな無精《ぶしょう》ひげを生やしたままにしているチョンは、ぼくより五つくらい年上に見えたが、まだ三年生なのだろう。彼は、ひげも生えていないぼくを信用するだろうか。

「何でT高とオレたちが、仲が悪いと思うのか」とチョンが聞いた。

「犬と猿だからだと思います。喧嘩に合理的な理由なんてありません」

チョンは少し眉を吊り上げ、皮肉な笑いを笑ったようにも、怒ったようにも思えた。チョンにしてみれば、理由はあるといいたいのかもしれない。ぼくはかまわず続けた。

「犬と猿は失礼な言い方ですが、朝鮮学校とT高の生徒は被害者にもなり、加害者にもなっています。どちらに正義があるかなんてばかげた話です。要はお互いに誇りを傷つけられたくないのです」

チョンは、オレたち朝鮮人は長い間、日本の植民地になって文化も財産も言葉も奪われてきた。オレたちの誇りはおまえたちより傷つけられてきたといいたいのだろうか。それはT高生にとれる責任ではなかった。

しかし、チョンは別のことをいった。

「オレは、先輩が、おまえたちに手ひどくやられたとき、T高に押しかけていったことがある。しかし、T高の教師は、校門をふさいでオレたちを中に入れなかった。話も聞いてもらえなかった。それは卑怯《ひきょう》ではないのか」

「卑怯だと思います。話を聞くべきです」

ぼくは、どんな弁解もすまいと思った。ここで位負《くらいま》けしたら、応援でも負けるという気持ちだった。これは応援合戦でもあった。応援合戦は戦いではあるが、嘘偽《うそいつわ》りのないフェアプレーでなければならなかった。ここまで来る途中、背伸びもしないし、弁解もしないと決めていた。

「もう喧嘩はしない」という言葉をチョンの口からいわせることが重要だった。

かつて警察柔道の師範が、ぼくにいったことがある。

「柔道でもっとも大切なことは、相手を投げることではない。勝つことでもない。こちらの目的を果たすことだ。目的を果たさなければ柔道を練習する意味がない」

スポーツ柔道なら、相手を投げれば勝利だが、警察柔道はもっと実用的だ。相手を投げることが目的ではなく、相手を傷つけずに逮捕しなければならない。

チョンは眉を寄せて、厳しい表情をなお硬くした。T高と朝鮮学校とは、対等ではないことをぼくは知っていた。ぼくたちは、どんな試合にも出ることができたし、突然、「朝鮮へ帰れ！」と罵声《ばせい》を浴びせられることもなかった。親が仕事を探してもほとんど見つからず、たとえ見つかっても、家族が生活するだけの賃金を支払ってもらえないということもなかった。しかし、「オレたち朝鮮人は弱い立場だ」とはチョンは口が裂《さ》けてもいいたくないだろう。

ぼくとチョンはどのくらい黙っていただろうか。ぼくは十分も押し黙ったままだったような気もするが、ほんの一、二分かもしれない。

「犬と猿か」

しばらくして、チョンが真面目な顔でいった。

「いがみあっていても仕方ないな」

この言葉のなかには、いろいろな意味が込められているのだろう。

日本が戦争に負け、朝鮮が独立してから、日本にいる百万人以上の朝鮮人は、突然、何の権利ももたない「外国にいる漂流民」になった。なぜその朝鮮人を差別するのか、とチョンはいいたいのかもしれない。

部屋には暖房もなかったが、長服を脱いでシャツ一枚のぼくは寒さを感じなかった。

「わかった」と、チョンはいった。チョンはすべての不満の言葉をのみこんだ。「おまえが応援指導部長でいる間は手出しをしないことを約束する」

チョンには、そういえるだけの力があるのだろう。

「T高応援指導部は最善を尽くすことを約束します」とぼくは答えた。

「一度でもこの約束をおまえたちが破ったら、それで終わりだ」

「それで結構です」

話は終わった。もう何も話すことはなかった。それが何となく悲しかった。ぼくはチョンともっと話をしたかった。

ぼくは、「失礼します」といって建て付けの悪いドアを外側に開けた。

「あばよ」とチョンが後ろでいった。

ドアの外には、応援指導部員らしき制服の男たちと、汚れたユニフォームの野球部員がいた。部室からこぼれる裸電球の光に照らされ、彼らも「あばよ」という、チョンの老人のようにしわがれた声を聞いた。チョンは、ぼくの後ろで、手出しするな、という合図をしたのかもしれない。

ぼくが外に出ると、男たちは、ぼくに通り道を開けた。ぼくは、何とはなしに、「オスッ」という声を腹の底から出した。「オスッ」は、「こんにちは」でもあり、「さようなら」でもあり、「ありがとう」でもあった。もともと好きな言葉ではなかったが、今は便利な言葉として、応援団の外でも無意識に使うことがあった。

朝鮮学校の応援指導部員は、ぼくに、「オスッ」と返してきた。彼らも反射的なのだろうが、ぼくは同じ応援団としての連帯感を覚えた。「オスッ」は、朝鮮学校の応援指導部がいつも使っているあいさつの言葉なのかどうかもわからなかった。

朝鮮には朝鮮の応援団のあいさつがあるのだろう。

ぼくは校門まで一人で歩きながら、手にしていた長服を着た。通用門から出て、明るい町のほうに向かった。町に出ると、堂々とした大人のチョンの態度が思い出された。ぼくもチョンと同じような態度をあらわすことができたかどうか、自分の姿を思い描いてみた。

「まあ、いいか」とぼくは思った。ぼくの長服と高下駄は、朝鮮学校の生徒にははったりのように見えたかもしれない。

「まあ、いいな」と、ぼくはまた独り言をいった。警察の師範のいう通り、勝ちも負けもせず、目的を果たした。

ぼくは町なかを、人が振り返る派手な長服、高下駄で歩きながら、ちょっと口笛でも吹いてみたい気分になった。誰もいない部室に帰って着替えていると、はじめて寒さが身に染みた。

応援団をまとめる

ぼくは、その夜、興奮して眠れなかった。

チョンに、ああいったものの、龍太郎を従わせることができるのか。それに、応援指導部以外にも乱暴者は少なくなかった。犬や猿に向かって、喧嘩をやめろ、といって聞くだろうか。学校ぐるみで対策を立てなければならなかった。

翌朝、授業がはじまる前に校長室を訪ねることにして家を出た。

牛乳配達が終わって、いちばんで校門に入った。

昨日は、朝鮮学校という、「敵《かたき》」の世界を相手にする、という腹づもりで乗り込んだが、高揚感《こうようかん》もあり、何となく朝鮮学校の応援指導部長とはわかりあえるような気がしていた。

しかし、今朝は、大人という老獪《ろうかい》な人種を相手にする必要があった。校長と一生徒では対等にはなりえない。そのうえ、ぼくは「喧嘩指導部」という、やんちゃ坊主たちの代表で、自慢ではないが、勉強だって化学以外はまともにしたことがない。

果たして校長というものは、ノックをしてとつぜんあらわれた生徒のいうことを聞くものだろうか。そもそも会ってくれるのだろうか。しかし、ここで敗退《はいたい》したら、チョンとの約束が果たせなくなる。母ちゃんの口癖である「謙虚《けんきょ》」に徹《てっ》しよう。秋川校長の協力は不可欠なのだ。

ぼくは、応援指導部長になってから、学校との交渉は二年の太田にまかせきりだったから、校長に直接会ったことはなかった。

校長室は、職員室の奥にあった。秋川校長は六十歳くらいで、T高の創立者だった。温厚な紳士のように思えたが、教育者というより、事業家のようにも見えた。何度か全校生徒の前で訓話をした。ぼくは、秋川校長の話を思い出そうとした。やんちゃな男生徒ばかりを前にして、陰気な喧嘩より、卑怯を憎む気持ちを育てることは教育者として合理的な態度であるだろう。

ぼくは職員室の窓口に坐っている職員の女性に名乗った。

「応援指導部長の増田といいますが、朝鮮学校とのいざこざについて校長先生と面談をしたいのですが」

女性職員は、見慣れない一年生が、校長に何の用事があるのか、と怪訝《けげん》そうな顔を向けた。

「ちょっと待ってて」

そういうと奥にある校長室に消えていった。

秋川校長は、一年生の応援指導部長のことは聞いていたのだろう。しばらくして、女性が、「どうぞ、こちらへ」と丁寧に案内してくれたので、かえって驚いた。

「朝鮮学校とのいざこざ」は、校長にとっても頭の痛い問題のはずだった。そのいざこざの元凶《げんきょう》の一つである応援指導部の部長と名乗ったことも秋川校長の気を引いただろう。両校の騒動は、学校の評判にも関わった。商店街などからはいつも苦情が寄せられていた。

ぼくは校長室に入った。さほど広くはないが、多田の家のような立派なソファやデスクがあった。ぼくは、ソファに坐らされた。ソファは、どこまでも尻が沈みそうなので、ソファのふちに浅く坐り直した。

秋川校長は、ぼくの前に坐ると、黒縁の丸い眼鏡を拭きながらいった。

「応援指導部はずいぶん変わったようだね。明るくなったと評判だ。部員も増えたようだね」

秋川は、応援指導部について詳しく知っているような口ぶりだった。

「だが、朝鮮学校との喧嘩は困る。何といったかな、ええと、田辺とかいったな」

田辺龍太郎のことが校長の記憶に刻まれているとすると、早くこの問題を解決しないといけない。問題が起こるたびに龍太郎の名前が出てくると、龍太郎は退学になるかもしれなかった。ぼくは、龍太郎が嫌いではなかった。むしろ龍太郎にはある種の敬意を覚えていた。喧嘩っぱやいが、弱い者を決していじめなかった。

「昨日、朝鮮学校の応援団長と話し合ってきました」

ぼくは切り出した。校長は、一瞬、「えっ」というような顔をして、ぼくを見た。

ぼくは続けた。

「今後、T高の応援団と朝鮮学校の応援団は喧嘩をしないと約束をしました。T高の応援団は、朝鮮学校と喧嘩をしないようにぼくが抑《おさ》えます。それ以外の生徒については学校が責任をもってください」

秋川校長はしばらく考えてからいった。

「わかった。私も約束しよう」

それから眉《まゆ》を寄せるようにして、ぼくに聞いた。

「それにしても、君一人だけで行ったのか」

「一人でいったほうが腹を割って話せると思いました。とくにぶつかることが多いのは応援指導部ですから、部長のぼくが一人で行くべきだと思いました」

「よく一人で行ったね」と校長は少し微笑んだ。

「顔を合わせて話をしようとしないから喧嘩が続くのだと思います」

「その通りだと思う」

秋川校長は、眼を細くしながら何度もうなずいた。ぼくは、校長というものは、大人社会を代表して話をする不条理なものだと心のどこかで思っていたから、少し見直した。

校長はつづけていった。

「それにしても、指導部長として、朝鮮学校に注意を向けたのはどうしてなんだい」

この質問の意図は、ぼくにはわからなかった。喧嘩ばかりするから、喧嘩相手のことを考えるのは、ぼくには自然なことだと思っていたからだ。

でも確かに、猿と仲が悪いからといって、猿と話し合おうと思う犬はいないだろう。

ぼくは校長にこんな話をした。

かつてぼくの家の二階に間借り人を受け入れていたとき、朝鮮人が二年ほど暮らしていた。彼は、日本に二十年以上暮らしていて、朝鮮が独立したからといって、朝鮮に帰っても住むところも仕事のあてもなかった。独立後の朝鮮も、日本同様に混乱が続いていて、そのうちに南北の内戦がはじまり、いよいよ帰れなくなった。彼は、日本の植民地時代に与えられたKという日本名を名乗っていたが、そのうちに結婚して家から出て行った。

母は、部屋を貸すかどうか、はじめは悩んだようだが、Kは誠実そうな男だった。Kは、朝鮮人ということでどこでも断られていた。Kは鉄くずを集める仕事をしていたが、一度も家賃を滞納《たいのう》せず、出て行くときは少し小金をためたようで、ぼくらにお菓子を買ってきてくれた。差別は相手を知ろうとしないから起こるものなのだ、とそのとき思った。差別は無知なのだ。

だから、朝鮮学校に行って話せば解決できるという予想はついていた。

ただ不安だったのは、団長に会う前にチンピラから襲《おそ》われることだった。ヘタに柔道のわざをかけて相手を怪我《けが》させたら、柔道や空手の師範に恩を仇《あだ》で返すようなものだし、T高の応援団長が朝鮮学校に殴り込みにいったことになり、ぼくの思いとはあべこべなことになってしまう。

しかし、結局、朝鮮学校の生徒は、何もいわずに、ぼくを応援団長に引き合わせてくれた。一人ひとりは、Kと同じで気の優しい男たちで、不条理なことが嫌いなのだ。

「問題はむしろ朝鮮学校より、近くの中学生です。朝鮮学校とは話せばわかります」

話してもわからないのが、近くの中学校の不良どもだった。彼らは、図体《ずうたい》の大きいT高の上級生には手をつけず、小柄でおとなしそうな一年生を獲物にしていた。中学三年ともなれば高校一年と体格差はほとんどなかったし、逆に大柄な子どもが少なくない。中学の不良とT高の不良の小競り合いは金がからみ、陰湿だった。それに比較して朝鮮学校とのいざこざはカラッとしていて、純粋な犬と猿の喧嘩だった。

うなずきながらぼくの話を聞く校長に校長の誠意を感じとると、ぼくは校長との対話が楽しくなった。

「T高の生徒は、なんで朝鮮学校と喧嘩するのか理由がわからず、ただ伝統的にやられたからやり返すというものです。ほかに理由があるとしたら差別意識です。差別するほうとされるほうが互いの意地で喧嘩しています」

うなずきながら黙って聞いていた校長は、最後に、

「私も最善をつくす」といった。

ぼくは校長室を出た。職員室を横切るとき、ぼくの担任が、不思議そうにぼくのほうを見ていた。担任の教科は英語で、ぼくは英語が苦手だったから自然に担任が苦手になっていた。ぼくはちょっと会釈《えしゃく》した。

決意を伝える

ぼくはその日の放課後、練習前に、「話がある」といって部員を集めた。

龍太郎はじめ、卒業が近い三年の大柳もいた。

「今から話すことは、オレは絶対にゆずらないから、そのつもりで聞いてほしい」

「オスッ」「オスッ」・・・。

応援指導部の言葉は、ときどき短い漢文のような言葉になる。そのほうが、話の流れがスムーズに進むことがわかっていた。

「オレは昨日、練習を休んで朝鮮学校に一人で行った」

「オスッ」という声を出したのは龍太郎で、喧嘩に行ったと思ったのか、身を乗り出した。ぼくは龍太郎をにらみつけた。

「朝鮮学校に、喧嘩に行ったのではない」

そう念を押すと、龍太郎は、ぼくが何をいいだすのか、ポカンとした顔になった。

「今後、応援指導部はどのようなことがあっても、朝鮮学校生徒と喧嘩してはならない。どちらからも手を出さないことを、朝鮮学校応援指導部のチョン・ヒョンギ部長と約束した」

そういって、部員を見回した。

誰も「オスッ」とはいわない。いちばん数の多い一年生は、「オスッ」といっていいのかどうか二年生の反応をうかがった。二年生の中には、互いに顔を見合わせている者がいた。龍太郎は人と顔を見合わせることなく、今にも目玉が飛び出しそうな表情をしてぼくをにらみつけている。「なんということをしてくれたんだ」と思っているのかもしれない。

二年生の一人から、「おいおい」というあきれ半分の声が出た。

「今のは誰だ」

ぼくは、二年生といえども許さないという気持ちで声の主《ぬし》を探した。しかし、誰も返事をしない。

「オレは応援指導部長として、チョン部長と約束した。この約束を破ることは、オレだけの問題ではない。T高応援指導部が大嘘つきということになる。だからオレは絶対に許さない」と力をこめていった。そしてまた一呼吸おいて続けた。

「文句があるなら今いえ。陰でいうのは卑怯だ。そういうやつは応援指導部にいらない、即刻《そっこく》やめてもらう」

ぼくが団長になってから入部した部員は、朝鮮学校とのいざこざには不快感をもっていたから、ぼくの言い分に異存はないはずだった。

しかし、二年生は龍太郎を中心に、そう簡単には引き下がらないだろう。「オスッ」という代わりに、数人が生唾《なまつば》を飲みこむ音がした。二年生は龍太郎に遠慮し、一年生は二年生に遠慮した。三年の大柳は、もともと朝鮮学校との喧嘩に加わることがなかったから問題はない。

龍太郎が沈黙を破った。

「やられてもやられっぱなし、ということか」

「そうだ。しかし、先方がムリ難題を押しつけて暴力を振るうなら話は別だ。昨日、チョン部長は、増田が応援団長でいる間は手出しをしないと約束した。これは応援団長同士の約束だ。オレはチョンを信じる」

龍太郎が立ち上がった。部室を出て行くのか、ぼくの襟《えり》がみをつかむつもりか。「チョンがどんな男かは知らない」と龍太郎はいった。「しかし、オレは部長を信じよう。今後、オレからは手を出さない。しかし、向こうから仕掛けてきたら思い切り闘うがいいな」

「オスッ」と、ぼくは、理性ではなく、腹の底で返事をした。

「みんなもそれでいいか」と、ぼくが部員を見回していった。

「オスッ」「オスッ」「オスッ」・・・。

「ヨシッ、学校は学校で責任をとると秋川校長が約束した。しかし、喧嘩に巻き込まれないように注意してくれ。では練習をはじめる」

ぼくがそういうと、部員は次々に部室を出て行った。龍太郎は、「チッ」と舌打ちしながら、ぼくのほうをにらんだ。しかし、いちばん信頼できるのは龍太郎かも知れないと思った。ぼくは一番あとから部室を出た。

翌日、T高の教頭が朝鮮学校に行ったことを、担任の英語教師から伝えられた。

「おまえは、偉い男だなあ。見直したぞ」と、彼は付け加えた。

「偉くなんかありません。でもそう思うなら、英語の点数に朴歯《ほおば》のげたをはかせてください」とぼくは冗談をいった。

「偉いといったのは取り消す」といって担任は笑った。

次の日の朝には、すべてのクラスの黒板にこう書かれてあった。

「今後、いっさい朝鮮学校といざこざを起こさないこと。問題が発覚した段階で、いかなる理由であっても即刻退学処分とする」

その日から、教員が交替で夜も商店街を見回るようになった。

しかし、すぐ朝鮮学校と小さないざこざがあった。

翌日、朝鮮学校の応援指導部の生徒が一人で、こちらの部室にやってきた。ヒョン・ヨンホンといい、小柄だが精悍《せいかん》そうで、事件のあらましを手短かに語った。幸い、T高の応援団は関わっていなかった。

「喧嘩を起こした者の中に、朝鮮学校の応援指導部の一年がいました」といい、ヒョンは謝った。「誠に申し訳ないとチョン団長がいっています」

「双方に怪我人がでていないようだし、T高側も悪いから、われわれからも謝ります。そうチョン部長に伝えてください。わざわざ伝えに来てくれて感謝します。われわれが校門まで送ります」

ぼくはそういって部員とともにヒョンを校門まで見送った。応援団が、朝鮮学校と親しいことを全校生徒に知らせるいい機会ではあったのだが、暗くなっており、誰もぼくらが何をしているのかわからなかった。龍太郎もぼくらのあとを熊のようにのそのそついてきた。

ヒョンは、送られながら「申し訳ない」といった。彼は在日二世で、日本語のほうが朝鮮語より達者であるようだった。

「では失礼します」とヒョンがいい、ぼくらは「オスッ」と答礼して、「金井」という名前のヒョンを見送った。オスッの意味が伝わったかどうかわからないが、ヒョンは振り返ってお辞儀をした。

「日本人と変わらねえじゃねえか」という声が後ろから聞こえてきた。

その後、朝鮮学校とT高の争いはほとんどなくなった。残念なのは、指導部長のチョンとの交流を深められなかったことだ。

ぼくは、三年まで応援指導部長をしたが、アルバイト、登山、写真に忙しく、勉強嫌いのまま高校を卒業した。

卒業後は、レストランで働きながら写真学校に行き、その後、小さな荷物船のコックの助手をして一年ほどヨーロッパを放浪した。そのころ世界中の学生が学園紛争に明け暮れていた。ぼくは動物園の飼育係にはならなかったが、動物を撮るカメラマンになった。人間も動物だから、ついでに人間も撮った。

朝鮮学校の応援指導部長のチョンは、指紋押捺《しもんおうなつ》の反対運動だったか、在日朝鮮人の権利運動にいそしむ姿を遠くから新聞の仕事で撮影したことがある。思わず声をかけようと思ったが、人混みの中に消えてしまった。腕まくりに、はちまきをし、大声を出していた。応援指導部の部室で見た「重鎮《じゅうちん》」といったイメージとは異なり、若々しく、闘志をみなぎらせていた。

そのチョンの姿に、人間は戦う動物なのだ、と感じた。何のために戦うのかというと自分というかたちを表現するために戦う。戦ううちに自分があらわれてくる。ライプニッツという哲学者は、人間は表現をする動物だといったそうだが、自分を美しく表現しようとする人間は美しいと思う。

＊　＊　＊

池袋に帰ろう

ぼくは、気温が零下七、八度ほどの中で、ときどき夢をみては、夢の底からもがき出た。夢の中に開《あ》いた穴は、だんだん深くなっていくような気がした。

多田も、ぼくと同様に、ぼくの胸の中で、いのちのもがきを、もがいていた。眼が覚めると、多田の顔といわず、腹といわず、足といわず、手当たり次第にマッサージして血行をうながした。何かをしていないと、多田のいのちが暗闇に飲み込まれていきそうな気がした。

「東京に帰ろう。おまえの研究が、宇宙がおまえを待っている」

その瞬間、「宇宙」という言葉が彼の頭の中に響いたのだろうか、それまで何をいっているのかわからなかった震える多田の唇が、急にはっきりした言葉でぼくにささやいた。

ぼくは聞き違いかと思って、多田の口元に耳を近づけた。

多田はこういった。

「おまえは山を下りろ。オレはここで救援を待つ。おまえは、一人で山を下りろ」

ぼくは、多田の頬《ほお》を手のひらで包んだ。

「多田、しっかりしろ。いっしょに山を下りよう。いっしょに温泉に入ろう」

「オレはここで待つよ。もういいんだ」

多田は最後の力を振り絞《しぼ》って声を出しているようだった。しかし、その声は、蚊がなくほどに小さなものだった。

このとき、岩場の上のほうから、青白い光がこぼれて、ぼくと多田の顔を照らした。夜が明けようとしていた。

数年前に亡くなった婆ちゃんから聞いた話では、西洋では、はじめに神が「光あれ」というと光があらわれたという。それまで世界は闇だった。このときあらわれた光はかくも弱々しく幼きものであったのだろう。

細い光の流れの先を目で辿《たど》ると、緩《ゆる》やかな斜面がぼくらの左側に広がっているのに気づいた。昨夜は、岩陰になって気づかなかった。

ぼくは、かぼそい光を見て、急にからだの中に力が漲《みなぎ》るものを感じて身震いした。

昔、応援団で、夜遅くまで、ウサギ飛びをして校庭を二周もさせられたとき、仲間がどんどん倒れていくなかで、ぼくも、もう駄目だ、と思った瞬間、急に、どこからともない力を感じて、疲れが吹き飛んだことを思い出した。

「何がもういいんだ。いっしょに下りるんだ」とぼくは多田の顔に向かって叫んだ。

「救援を・・・」といいかけて、多田はまた意識を失いかけた。

ぼくは多田を揺さぶり起こした。

「いいか、目を覚ませ。甘えるな。十分休んだ。登るんだ。五メートルもない」

ぼくは、応援団のときのような形相で多田に叫んだに違いない。

「オレを信じろ。手を使え！頭を使え！這い上がるんだ！」

ぼくは、一晩、多田を抱きかかえているうちに、多田の上半身は使えそうに思えた。確信はなかったが、それができなければ、多田を残して、ぼくは一人で山を下りるしかなかった。麓《ふもと》で地元の山岳会に連絡して、ここまで来てもらうまでには十時間はかかるだろう。いまの状態では、多田がそれまで持ちこたえられるかどうかわからない。おぶってでも二人で下山するしかない。

「登るんだ！」

ぼくは、深い穴でも開いているような多田の暗い顔に向かって再び叫んだ。応援団長の声だった。朝鮮学校のチョンの顔が目の前にあらわれた。喧嘩屋の龍太郎も怒ったような表情でそこにいた。応援団の仲間の顔が次々に浮かんできた。

ぼくは、多田の股ぐらに頭を突っ込むと、思いきり息を吸った。多田を肩車《かたぐるま》するようにして立とうとした。膝が痛むが、忘れることにした。多田を乗せたからだを、目の前の岩で支えながら渾身《こんしん》の力で持ち上げてみた。もう少し傾斜が急ならぼくの力では支えきれないが、ぼくの脇に思った以上に緩《ゆる》やかな傾斜が広がっていた。そのうえ、多田のヒョロリと長いからだは軽かった。

婆ちゃんの声がどこからともなく聞こえた。

「ほれ、がんばれよ」

ぼくは、婆ちゃんに、「へこたれんよ」と返事をした。

「多田、帰るぞ。池袋に！」

多田は、ぼくの頭の上で、かすかな声をあげた。

「うん」

うめきとも、ぼくへの返事のようにも聞こえた。ぼくは多田の声に励まされた。

「左側に移動するぞ。岩をつかめるか」とぼくは多田に叫んだ。多田が、だめだ、といったら、ぼくはその場で崩折《くずお》れたかもしれない。しかし、さっきまでうわごとにようにわけのわからないことを話していた多田の声が、光とともに、はっきり頭の上から降ってきた。

「何とか、なり・・・何とか、する」

多田は半信半疑なのだろうが、ぼくの全身の震えはとまらなかった。この震えはもう恐怖ではなかった。生きるための全身の雄叫《おたけ》びだった。

「オスッ」

ぼくは腹に力をいれて、多田に返事をした。ぼくは、高校のときのぼくに戻っていた。多田は、からだを前に乗り出して、手でつかめそうな岩を探しているようだった。

「何も考えるな。二人で池袋に帰るんだ。岩をつかめ」

立ち上がってみてわかったことは、ぼくより背の高い多田の手は、もう少しで青白い光がたゆたう尾根に届きそうに思えた。

「あと二メートル五十」とぼくは肩の上にいる多田にいった。

「そんなにはない」と張りのある多田の声が頭の上から降ってきた。

ぼくは、多田を肩の上で担《かつ》ぎなおすと、手ごろな岩に手と足をかけた。

「よし、まず左に一メートル移動する」とぼくはいった。

多田の体重がぼくの右ひざに一度にかかったような気がした。

しかし、二歩目は多田のからだが軽くなった。多田も、ぼくの動きに合わせて、岩にかけた細い手に力をこめた。多田にも、いのちの力がわいたようだった。

いのちの三十センチ

横移動が終わると、ぼくらは一息ついた。多田は、ぼくにかかる負担を軽くするために、這い松につかまり、斜面に頭をつけ上半身を引き上げるようにした。

「息を合わせよう。一歩一歩登るぞ。よし、もう一度だ」

ぼくは多田を見上げながらいった。

「いいか、岩を探せ」といいながら、ぼくも、次に手と足をかけられそうな岩を探した。

光は黄色く輝きはじめ、水のように頭の上から流れ落ちてきた。からだが温かくなった。

ぼくが「オスッ」と声をかけると、「よし！いいぞ！」という多田の強い声が響いた。

「三十センチ上がるぞ！」とぼくは叫んだ。

「大丈夫だ、三十センチ・・・行きそうだ」と多田がいった。

「そうかい、行くかい？」

「行くよ」

「よし！」とぼくは岩に足をかけて多田を持ち上げた。

そのとき、ぼくの左の足場が崩れ、ぼくの頭が少し多田の股ぐらから離れた。しかし、多田は、手だけでクモのように這い松にしがみついていた。

「大丈夫だ！」と多田が叫んだ。いったい、多田の声はどこから出てくるのだろう。ついさっきまで、小鳥のように震えていた声が、いまは野太い、いのちそのものから吐き出されてでもいるようだった。

ぼくは、別の岩に足をかけて、またすぐ多田の股に頭を入れることができた。多田の半分ほどの重さがぼくの右ひざにかかった。しかし、ぼくは痛みを忘れていた。

「もう一度、三十センチ」とぼくがいった。

「よし！」

今度は多田がいった。三十センチは、もちろん、ただの数字だが、希望の数字だった。希望があれば人は生きていける。死の淵《ふち》でうなっていた多田の声が、いまは、いのちの淵に這い出ていた。三十センチを数回繰り返せば尾根に這い上がれる。あとはもう何も考えずに一歩一歩上がるしかない。一歩一歩。歯を食いしばるしかない。生きられる。ぼくのいのちと多田のいのちはひとつのものになった。

中学生のとき、いくつかのクラスが合同する体育の時間に、多田と二人三脚のレースをして一番になったことがある。たまたま、ぼくのクラス担任の体育教師がぼくと多田を見ていった。

「おまえたち、お神酒徳利《みきどっくり》みたいだな」

ぼくらは、お神酒徳利の意味はわからなかった。しかし、成績がよく、背の高い多田と、新聞や牛乳配達のアルバイトと柔道で鍛えた、ずんぐりしたぼくは、奇妙に気があった。ぼくと多田は、何でも話し合ったし、毎日会ってもどちらともなく話し続けた。なぜこんなに二人でいると楽しいのか、ぼくらにも不思議だった。

「中学のときの二人三脚みたいだな」と多田が頭の上で、手をかける岩を探しながらいった。同じことを考えているようだった。

「あのときは、愉快だったな」とぼくは返事をした。「もう三十センチ！」

ぼくは、二人の体重を支えてくれそうな岩を探した。

「よし、いくぞ」と多田が叫んだ。「一、二、三、オスッ！」

ぼくも、あわてて「オスッ！」と言い返した。また三十センチ近く上がった。ぼくの手足と多田の手の六本が同時に動く。
二、三度、岩をつかみそこなったが、どちらかがふんばって岩にとりついた。
ぼくの体力は限界に近づいた。そのとき、多田のからだが急に軽くなった。

多田が尾根の上に這い出たようだった。ぼくは、最後の力を絞り出して、多田の尻を押した。多田の尻の向こうに尾根が見え、その上にまぶしい太陽が顔をあらわしていた。いのちの光だった。

ぼくと多田は、尾根に這い上がると、ごつごつした岩の上に、へびのようにからだを横たえた。温かい光がからだを包んだ。

「婆ちゃん、やったよ」とぼくは心の中で叫んだ。微笑《ほほえ》む婆ちゃんの顔が明るくなりかけた空に見えたような気がした。

「応援団長、やったな」と多田がぼくを見て笑いかけた。「いのちの応援団長だ」

ぼくは、「ふふん」といって笑った。得意そうな顔をしていたに違いない。

しかし、ここからがたいへんだった。

多田はたぶん一歩も歩けない。多田をおんぶして下山することはできるだろうか。ぼくの右ひざは尾根に上がってから激痛を覚えた。ひざあたりの骨にヒビが入っているかもしれなかった。

「増田」と、そのとき、多田がぼくに顔を向けたままいった。

「オレはここで待つ。おまえは一人で下山して救援を呼んで来てくれ」

「なんだとぉ？」とぼくはガラの悪い応援団そのものの声で多田に言い返した。「それじゃあ、ここまで二人三脚で登ってきた意味がないじゃないか。いっしょに下りるんだ」

ぼくは多田をにらみつけるようにしていった。

しかし、多田は冷静だった。

「それじゃ二人とも危ないんだ」

多田は、近くにある岩に寄りかかりながらいった。

「いいか、オレは、岩を登りはじめるまで、もう終わりだと思っていた。でも、今は違う。何としても、生きて山を下りるつもりだ。二人とも助かるために合理的な方法を考えよう」

天気は、いつまで持つかわからないが、いまは、雲がいくつかちぎれて浮いているほかは、しばらく嵐にはなりそうになかった。大きな岩陰に、滑落《かつらく》現場から唯一持ちだしたツェルトを張って多田を寝かせ、ぼくが身一つで山を下りれば、多田も自分も助かるかもしれない。ぼくの右ひざの痛みも考えなければならなかった。下山は、登りより危険で、確かに、多田を連れて下山するのは無謀かもしれない。

「十時間以上かかるかもしれない・・・」と、ぼくはおおよその時間をいった。最短距離の山小屋に無線があって、地元の山岳会にすぐに連絡がとれたとして、人を集めるのにどのくらいの時間がかかるかわからなかった。天気が悪くなれば山岳会も救助を見合わせるだろうし、ヘリコプターも飛ばない。

「それで大丈夫だ」と多田は太鼓判《たいこばん》を押すようにいった。

ぼくは震える手でヤッケのポケットに大切にしまっていた東ドイツ製の小型カメラを点検した。凍りついたカメラを見てはじめて、ただならぬ寒さを感じた。ぼくはカメラとレンズを懸命に布でこすって温めると、自動では開かないシャッターを開けて、レンズを多田に向けた。多田がくしゃくしゃの顔で微笑んだが、映っているかどうかわからなかった。

ぼくは、岩と這い松に固定したツェルトの中に、多田を横たわらせた。多田の両足は、操《あやつ》り人形のように力を失っていた。

コンロは、滑落した岩場に、多田のリュックとともに置いてきたから、火をおこす方法はなかった。尾根の上のぼくのリュックから乾パンを出して二人で分けた。多田は少しだけ食べることができた。

「背中は痛むか」

ぼくは多田に聞いたが、無意識に自分の右ひざに手をあてた。

「おまえこそ、ひざは大丈夫なのか」と多田が心配そうに聞いた。

「大丈夫だ」

ぼくは立ち上がった。

「拾ったいのちだ。大切にするさ」

多田は、自分のヤッケのポケットに入っていたチョコレートを、ぼくのヤッケにねじ込んだ。貴重な食糧だが、ぼくは素直にもらうことにした。

「よし、じゃあ、待ってろよ」

ぼくはそういうと、朝日を全身に浴びながら、昨日と反対に尾根を下りはじめた。右ひざに強烈な痛みが走ったが、多田が見ている間は、足を引きずらないようにした。一歩一歩が二人分のいのちだと思うと、脚に力がこもった。

ぼくは何度か石に足をとられて転んだ。転んだことだけは覚えていたが、転ぶたびに婆ちゃんが目の前にあらわれた。

「ほれ、しっかりしないとな。起きなさいよ」

山小屋に着いたとたんに、ぼくは疲れと脚の痛みで意識を失った。また少し夢を見た。夢の中に多田があらわれた。ぼくは、はっとして眼を覚ました。山小屋の主に、遭難《そうなん》した場所を説明すると、再び眠りの中に落ちていった。山小屋の主《あるじ》があわてて無線をしている声が遠くに聞こえた。疲れと痛みと安心がぼくのからだを包んだ。

多田もぼくも寡黙になった

多田は、岩場に震えながら山岳会の救助を待った。幸い、天候の急変はなかった。

登山者が何組かツェルトの中を覗いたが、何もすることができなかった。しかし、人の気配がするたびに、心が躍った。結局、九時間後に、多田は地元の山岳会の手で無事に山を下ろされた。

ぼくが、一足早く入院した松本の大学病院の同じ病室に、手術を終えた多田も入ってきた。

多田は、滑落したとき、背中を強く打ち、脊髄が真ん中あたりで破損していた。腕の力でからだを起こせはするが、立ち上がることはできなかった。

主治医の誠実そうな整形外科医が、気の毒そうに多田にいった。

「もう歩けないかもしれません」

多田は、その日から、口をきかなくなった。ぼくは、何を話しかけていいのかわからなかった。ぼくらが、こんなに無口になったのははじめてだった。

ぼくは、多田のけがに責任を感じていた。季節が冬になりかかる山に、それまで一年以上も研究室の書類に埋もれて足腰をなまらせていた多田を誘ったのはぼくだ。

しかし、ぼくが多田に謝っても、それで少しはぼくの気が晴れたとしても、多田には何の慰めにもならなかった。むしろそんなことで山行《さんこう》を後悔させても、多田の心を沈ませるだけだった。

岩を三十センチずつ登ったとき、ぼくらの心は一つになった。しかし、いま、ぼくらの心は、少しの傷でガラスのようにこなごなに砕《くだ》けそうになった。二人の会話は当たり障《さわ》りのないものになり、それも日に数言《すうこと》というように滞《とどこお》った。多田は、ぼくの隣のベッドで、朝から天井をみて横になっていた。

反対に、ぼくの右足のひざは、わずかにひびが入っていたが、少しの痛みを残して、ほとんど癒《い》えていた。ぼくは、医師に何とかかんとかいって退院を延ばした。多田の傍らで、多田の苦悩を見ているのはつらくはあったし、多田もそれを喜んでいるようには思えなかった。しかし、多田の傍《そば》を離れることはできなかった。多田の母親の隆子が、近くのホテルに部屋を借りて、昼の間、多田の介護をしていたから、ぼくが多田の傍にいても役に立つわけではないが、多田を一人残して病院を離れるのは、ぼくにとって耐えがたかった。東京に帰っても何も手がつかないだろう。

ぼくは、ただ朝と午後、若いリハビリ療法士が押す多田の車椅子の脇を歩きながら、黙ったままリハビリ室に向かった。多田は暗い空気を引きずるようにして車椅子に乗っていた。

隆子は元気にふるまっていた。多田の面倒だけではなく、ぼくのことも何くれとなく心配してくれた。入院の最初のころ、ぼくの母と兄が泊まりがけで見舞いに来たが、入院に必要なものは隆子がすでに用意してくれていた。兄は、最近、町工場をつくり、順調な滑りだしであることを、兄らしく言葉少《ことばすく》なに語った。二人は、隆子にぼくのことを託して東京に帰っていった。

隆子は、まるで屈託《くったく》のない様子を見せていた。

「あなたたち、無口になったわね」といって笑いもした。

ぼくは隆子にも謝りたかったが、多田に対してと同じ理由で何も語らなかった。

ぼくが退院する数日前に、多田の研究室の教授から病院に連絡があった。宇宙物理学の博士論文が承認されたという内容だった。本来なら、多田の家族は、多田の未来を喜んでいるときであろう。ところが、いまの多田の心は、まるで「廃人《はいじん》」のように落ち込んでいて、隆子の優しい言葉にも、はかばかしく答えなかった。

ぼくが退院する前日、主治医の太田は、できたばかりの病棟のラウンジに、隆子とぼくと車椅子の多田を誘った。入院して二週間がたっていた。

医師は、自動販売機でコーヒーを四つ買うと、小さな盆に乗せて、ぼくらが坐っているテーブルに運んだ。

「何でも聞いてください」と太田はいったが、多田はうつむいたままだった。

ぼくは、もうどんなことをしても歩けないのか、と医師に問いただしかった。手術を繰り返すことで、だんだん歩けるようになった人の話を聞いたことがあった。しかし、多田の失望を考えると、楽観的なことを聞くことはできなかった。

隆子が口火をきった。

「私は義男が生きて山を下りてくれただけで幸せです」

隆子は、そういう機会を待っていたようだった。あるいは、隆子にとっても、ようやく心の整理ができたのかもしれなかった。

多田は、うつろな目で、母親のほうを見たが何もいわなかった。

太田医師は、多田に顔を近づけていった。

「大きなけがをした人は、自分の障害を受け入れるのに時間がかかります。何か月も何年もかかります。なかには何十年もかかることがあります。いままでとはまったく違う自分を受け入れるのですからね、たいへんなエネルギーが必要になると思います」

多田は、しばらくして独り言のようにいった。

「ぼくは、もう研究者として生きることはできないのでしょうか」

多田がもっとも聞きたかったことだが、多田がもっとも恐れていたことでもあった。

このまま車椅子で研究生活を送るのは難しいことだった。たとえ大学に通うことができても、階段を上ることさえできない。さらに、狭く、ごちゃごちゃした研究室を利用することはかなわないことだった。何より、大学が多田の研究生活を支えてくれるとは思えなかった。大学は、弱い者には岩山以上に過酷《かこく》なもののように思えた。

このとき、つねに楽観的にふるまってきた隆子が笑顔でいった。

「あなた、脚で論文を書くの？」

多田もぼくも笑わなかった。太田医師が、優しい顔を多田に向けていった。

「車椅子の研究者は外国にはいますよ。日本にもいるかもしれない」

多田は眼をつぶって何もいわなかった。医師もそれ以上に多田を励ますことはしなかった。

あのとき

ぼくだけが退院することになった。

まだ暗い部屋の中で、早く目覚めたぼくは、隆子が用意してくれた下着やタオルなどを、兄が置いていった使い古しの茶色の旅行鞄《かばん》に詰めた。兄らしい、いかつく頑丈な鞄だった。

ぼくには、荷物らしい荷物はなかった。山の荷物は山に置いてきた。雪が消えるころ、山のゴミにならないように、もう一度、山に登って回収しよう。

病院の配慮で、数日前に多田は八人部屋の窓際に移された。ぼくも隣のベッドで寝起きしていたが、多田に申し訳ないほど元気で、体力がありあまり、病棟の内外を一人で散歩することが多かった。ベッドの上では、隆子が近くの書店で買ってきた山の本を読んでいた。

多田は本も読まなかった。ぼくは、読みさしの本を多田のために病室に置いていくべきか、それとも鞄にいれようか迷った。

何気なく多田の横顔を覗《のぞ》くと、うす暗い部屋の中で、多田は目を覚ましていた。入院以来、多田とは、目を覚ましていても、ほとんど話らしい話をしなくなったから、ぼくは多田が、目を覚ましているのかどうか気になって、ときどき彼の顔に目をやった。

その朝、多田は、しばらく前から目を覚ましているようだった。近くの山々に青白い朝日が差しはじめていた。同室の患者は、静かな寝息をたてていた。

リハビリで寝返りを打つことができるようになっていた多田は、ぼくのほうにからだを向けた。

そして、入院してから、はじめて、ぼくに小さな声で話しかけた。

「オレは、おまえに感謝している。おまえのおかげで生き延びることができた」

ぼくは荷造りの手をとめると、多田の言葉をきっかけに、ずっとわだかまっていたことを多田に顔を近づけて小さな声でいった。

「ぼくは、おまえに謝りたかったんだ。こんな時期に、山から遠ざかっていたおまえを山に誘うべきではなかった」

ぼくは、入院以来、のどに詰まっていたことを一気にいった。

多田は、ベッド柵《さく》につかまりながら、腕の力だけでからだをゆっくり起こした。

その姿がぼくには痛々《いたいた》しかった。多田自身が、人前で自分から起き上がろうとしなかったのは、その姿を人前にさらすのを嫌ったからだと、はじめて了解した。多田は、いつも誰かが自分のからだを起こすのを待っていた。

しかし、今朝は違った。多田は、低いベッド柵の間から手を使って両足を出すと、ベッド柵につかまって、子どものように坐りなおした。それから、多田が、いつも何か真面目な話をするときのクセで目玉をくりくりと動かした。

ぼくは、多田が何を話し出すのか、いぶかった。自分の絶望を語るのだろうか。それは、一歩の前進というべきかもしれない。ぼくは、覚悟を決めて、多田の言葉を待った。

しかし、多田は別のことをいった。

「山に誘われたとき、ぼくは、うれしかった。久しぶりに、おまえと山に行ってせいせいしようと思った」

小さな多田の声に張りが戻っていた。

「だから後悔なんかしていない。それより・・・あのとき」といって、多田はしばらく黙った。ぼくは、「あのとき」と多田がいいかけたとき、なぜか、それがどのときかすぐにわかった。

多田は続けた。

「あのとき、おまえの怒鳴り声を聞いて、とつぜん、力がどこからともなくわいてきたのが不思議なんだ」

それはぼくにとっても同じだった。朝の光がこぼれてきて、全身に力が漲《みなぎ》った。

あのとき、ぼくは高校の応援団長に戻っていた。チョン団長や龍太郎の顔が浮かんだこともはっきり思い出した。彼らは、ぼくの心を支えていた。

多田のいう、あのときを、ぼくらは誰に説明できるだろうか。あのときとしか、ぼくらには言葉がなかった。

そして、多田は、思いがけないことをいった。

「ぼくは米国に行く」

多田はかつて米国に留学したいといっていたことがある。多田ならできるだろう、とそのときは思った。しかし、いま、それは諦めなければならない選択肢の一つになった、とぼくは漠然《ばくぜん》と感じていた。

ぼくは多田の顔をじっとみた。「おまえならできる」という気持ちと、それは難しくないだろうか、という思いが交錯《こうさく》した。

「ずっとぼくの夢だったからね」と多田はいった。

多田は、入院以来はじめて見る明るい顔をしていた。多田は続けた。

「昨日の夜、ぼくは、遭難《そうなん》したときのことを思い出していた。ずっと、心の中で封《ふう》印《いん》していたことだ。つまらない後悔をしたくなかったからね。でも・・・」

「あのときのことだね」とぼくは胸の底から自然に言葉がこぼれてきた。

「そうなんだ、あのとき、不思議な力がからだの底から湧いてきた」

ぼくは、いま、心から多田の決心を応援したいと思った。「あのとき」を知るぼくでなければできない応援だ。

「いま、ぼくは、泳いだって米国に行くつもりだ」と多田がいった。

「ふむ、頭脳より体力勝負だな」

ぼくらは、入院以来はじめて大笑いした。大笑いといっても、周囲の寝息の波音に合わせて声を落とした。ぼくは、自然に眼から涙がこぼれた。ぼくは、何という思い違いをしていたんだろう。

ぼくは、多田の隣にあるパイプ椅子に坐って、多田と向き合った。中学のときのように、多弁ではなくなっていたが、いっしょにいるだけで実りのある時間を感じることができる。

隆子はまだ病室にはあらわれなかった。どこか朝早い喫茶店で、コーヒーとトーストのモーニングサービスを注文しているころかもしれない。多田の決意を早く聞かせたかった。多田の心の落ち込みを、もっとも心配していたのは隆子だ。

「どんなに深刻な悩みでも、人間の悩みなんてちっぽけなものだな」とぼくはいった。

ぼくは動物園で再会した朋子のことを思い出した。

「ぼくは朋子さんと結婚しようと思う。でも、断られたらどうしようというのが、目下《もっか》の悩みだ」

多田はおかしそうな顔をしていった。

「そういえば、山で、そんな話をしていたな。忘れていたよ」

「入院してからも、おまえの顔が深刻そうだったから、そんな話ができなかった」

「よかろう。朋子さんとの結婚を許そう」と多田がいって笑った。

「でも、朋子さんにそんなことをいったら、腰を抜かすだろうな。まだ手さえ握ったことがないんだ」といって、ぼくは兄の旅行鞄をひざの上に置いた。鞄は大きなものだが、中はがらがらで、隆子が買いそろえてくれた着替えなど細々《こまごま》したもののほかに、中古店で買ったライカのコンパクトカメラ一台があるだけだった。ぼくは、入院以来はじめてカメラを取り出すと、多田にカメラを向けた。それまでカメラを取り出すことさえ、多田に遠慮していた。

多田は、レンズの向こう側で、これ以上にない笑顔を見せた。何枚か撮影すると、多田が、カメラを構えたままのぼくにいった。

「朋子さんに振られたら、いっしょに米国に行かないか。フリーのカメラマンなんだから、どこで仕事をしても同じだろう?」

「それも悪くないなあ」

ぼくは本気で思った。まだ米国には行ったことがない。いのちさえあれば、世界のどんな片隅だって生きていける。

「朋子さんも米国に誘ったらどうかな」

多田は、ベッドの柵を子どものようにゆすりながら、うれしそうにいった。

「ふむ、朋子さんは、ぼくより、カワウソを選ぶだろうね」とぼくがカメラの向こう側の多田に真面目に答えた。

「そうか、カワウソも悪くないね」と多田がいった。

「カワウソも悪くないがね」とぼくは答えた。「人生も悪くないさ」

ぼくはそういうと、下着や靴下、歯ブラシのほか、がらがらの旅行鞄《かばん》に中古のライカをしまい、鞄のふたをカチリと閉じた。

謝辞など

この小説にはモデルがいます。快く長時間の取材に答えていただいたSTさんに心から感謝します。

STさんが幼少期を過ごした昭和二十年代（一九四〇〜五〇年代はじめ）は、まだアジア太平洋戦争敗戦のくすぶりが残り、米軍の占領下にあり、日本全体が貧しく、国民は、その日暮らしの中からようやく希望の火を見出す時代でありました。とはいえ、同年代の人でも、STさんの過ごした幼少期に共感できる人は少ないと思います。五歳の子どもが、朝食用のアオダイショウの内臓を割いて捨ててから、家に持って帰ったなどという経験談は、にわかには信じられないと思います。

しかし、子どもも大人も、たくましく生きざるを得ない時代でした。旧来の社会秩序や倫理観といったものが敗戦で一度は破壊され、もがき苦しみながら、自分たちで新しくつくりあげていく時代でもあったのです。そのことが、日常を「冒険」にしたといっていいのかもしれません。

物理的な戦後復興が進むにつれて、人々の心の中に、戦前の「常識」もまた次第に復元されていきます。学生中心の六十年安保闘争は、この「常識」への激しい揺り戻し運動とも考えられます。六十年代後半には、世界中の学生が「世界同時革命」を叫び、学生と警察が激しい「市街戦」を繰り広げます。この小説のモデルも、復元しつつある社会常識からもがき出ようと全身で抵抗します。

STさんの話を聞きながら、教員などを経験したことがある筆者は、子どもというのは、想像されているより、はるかに高い「キャパシティ」をもっていることを再認識しました。

ただし、それは引き出されなければならないキャパシティであり（英語でも、ドイツ語でも、「教育」は「引き出す」を語源としています）、さまざまな偶然や機会、出会いによって引き出されてくるものです。教育に当たる者は、学校や家庭が、逆にその芽を摘むことになっていないかを深く考えながら子どもと接する必要があると思います。

最後に、STさんから、「これは書いて」といわれていることがあります。

STさんが山登りをしていた一九六〇から七〇年代にかけては山の情報は乏《とぼ》しく、危険はいまよりはるかに大きなものでした。彼もまた友人を山で亡くした苦い経験があります。

山登りはいまでも危険をともなうスポーツです。毎年多くの人が山で遭難していま
す。どんな山でも、山行には、十分に情報を集め、装備をしっかり整えたうえで、慎
重に計画する必要があります。

最後に、山の経験のない筆者に、山と山での遭難について詳しく語ってくれたH夫
妻に感謝します。H夫妻は国内外の山を夫妻で登り、遭難救助にも当たられています。
Hさんは中学一年のときに学校に山岳部をつくり、その後の山行を克明に記録してい
ます。山行をするために会社勤めをし、大手企業を役員として退社されてからも、オ
シドリ山行を生きがいにされています。たまたまSTさんと世代が近く、山行の在り
方や装備などをリアルに解説していただき、原稿にも眼を通していただきました。

この本は、もともとは中高生のために書かれたものですが、書いているうちに、読
者年齢を意識しなくなりました。最後まで読んでいただいた中高生や大人の方に深く
感謝します。

月丘ジル

月丘ジル
慶応義塾大学哲学科卒業。
医療福祉ジャーナリスト兼作文教師。
暁烏敏賞（哲学論文）受賞。
イギリスに半年、ドイツに３年ぶらぶら。
著書『アル―提督の気ままな潜水艦暮らし』
趣味＝ヘタな絵を描くこと、旅、映画など。

夜明けの応援団

2023年10月31日　第1版第1刷　発行

著　者　月丘《つきをか》ジル
発行者　小平慎一
発行所　ヒポ・サイエンス出版株式会社
〒222-0012　神奈川県横浜市港北区富士塚2-27-32
電話 045-633-1466　ファックス 045-401-4366
http://hippo-science.com
ブックデザイン　デザインオフィス・ホワイトポイント 徳升澄夫
印刷・製本　アイユー印刷株式会社

ISBN978-4-904912-15-7
価格はカバーに表示してあります。落丁本、乱丁本はお取り替えいたします。